北京的秋天

一個情報員之臨終回憶

陳竹奇　著

《台海風雲戰紀三部曲》01

推薦序

李福軒

人，總是對太平盛世有所期待。

作者把「戰與和」、「情與慾」揉進了整個劇情中，書中所敘之「戰場」涵蓋了整個東西亞以及太平洋兩岸，史把真正的戰爭熱區，雙北，點出來；書中只有〇〇七電影的水下波瀾，沒有人力物力的熱戰，一直到最後……，堪稱一絕。

陳竹奇以歐陽修晚年作品「秋聲賦」為楔了來暗喻不能排除戰爭可能的島嶼，還用了毛澤東的沁園春．雪做引與死亡的結尾。

本書值得細讀。

若把本書內容編成腳本來拍電影，相信會是高票房；因為尚未有本書相關課題且足以吸引觀眾的電影出現。

所以，「數風流劇情，還看今本」。

推薦序：盛世單影，家國何託？

陳康芬
（中原大學通識教育中心副教授暨全球客家與多元文化研究中心主任）

陳竹奇作為野百合學生運動世代，從年輕開始一路相隨台灣戒嚴到解嚴關鍵民主時期的追求歷程，在中壯年之際，以小說敘事重新省視台灣與中國的兩岸關係，最怵目驚心的是，不是瞬息變異的外交訊息的煙幕重重，也不是詭譎政治的勾心鬥角，而是蕩跡於箱根、雅加達（巴達維亞）、仰光、上海、廈門、台北、杭州、上海、北京……等區域的個人身影——一個隨勢在兩岸詭譎外交情報漩渦外流中的小情報員命運應該何去何從？正如小說家〈期待下一個太平盛世〉自序所言，「這是一篇以島嶼的命運為思考的主軸，以複雜的國際關係及兩岸情勢為背景的長篇小說。……時代的巨輪總是以如此矛盾地詭異地行進，而總是有人不會放棄對於和平的努力，而我也希望將這樣的努力書寫下來」。作者之言誠而有情也。既因誠而有情，《北京的秋天——一個情報員之臨終回憶》初衷應是有更多個人壯志之心以籌家國前程之思，但是，舉目小說敘事，纏纏繞繞的不是敘事者「我」所本應該孜孜在念的代號「二〇二七」無人機行動，而是，往返個人身影中疊加出現的斷斷續續、支離破碎的人地記憶，是情也是欲。

以情欲書寫政治是當代小說極常出現的寫作手法，事實上，情欲寫作與政治論述，一個是私領域的床笫之事，一個是公領域的眾人之事，看似南北極端；但細細推究，交歡離合的情欲與運籌帷幄的政治，都關涉感官本能的直觀與經驗判斷的直覺運作，在不同的人際中運作，既是大張旗鼓、又可步步為營；隱而未現、卻又呼之欲出的權力關係，讓情欲與政治之間確實也存在著一種奇妙而曖昧的呼應關係。情報員只是一個身份符號，一如小說中打水漂的國際外交情勢，蜻蜓點水的過場敘事；那些能形成重量的，反倒是敘事者「我」的〇〇七艷事與就死之際代號「二〇二七」無人機行動的心事。

既是心事，無須戳破——秋聲之心，是肅殺；且看今朝，是傲許。看倌們如需洞察天機，且看陳竹奇《北京的秋天——一個情報員之臨終回憶》。這是一本走過野百合學生運動的眾聲喧嘩後、曾經踽踽獨行、形單影隻、孑然一身卻又深情款款的懺情錄。

是以推薦之。

推薦序：預知中國後事

曾建元
（國立臺灣大學國家發展研究所法學博士、
國立中央大學客家語文暨社會科學學系暨淡江大學資訊傳播學系兼任副教授、
華人民主書院協會理事長）

這是一位擁有完整的跨領域學術素養、現實政治經驗以及歷史人文視野的野百合學生運動世代學者的政治小說，寫的是個人身影縱橫其間的當代兩岸關係。故事的結尾，是欺敵行蹤暴露的臺灣情報員被中華人民共和國國家安全人員私刑處決，在此同時，他看到二〇二七年十月一日的北京天安門廣場上空，臺灣代號「二〇二七」計畫死神無人機在美國、日本、韓國的共同掩護下，按時奇襲正在主持中國人民解放軍建軍百年閱兵大典的中華人民共和國國家主席。故事到此戛然而止。但作者留給我們的想像恐怕有限，因為小說裡，臺灣的軍機情報早就洩漏了，而奇襲仍舊發生，不由分說，國家主席眾叛親離，凶多吉少。九天後中華人民共和國由福建平潭在中華民國國慶發動對臺灣總統發動的斬首行動的成敗，已經無關緊張，無足輕重。至於中國後事如何，那不在小說主題之內，然我想，那也許是作者意在言外，和你我可以參與創作或想像的不久的將來。

陳竹奇和我在戒嚴時期的大學時代就已經認識，他是國立政治大學學生代表聯席會議總幹事，也是大學法改革促進會的重要成員，我則是東吳大學學生會執行秘書，在校園內外的公共議題上，我們都是重要的旗手，常常在媒體的採訪中曝光，或是在跨校座談或是街頭抗爭中相遇，後來我們對換學校，他考上東吳的社會學研究所，我則到政大三民主義研究所進修，一九九〇年三月的春寒料峭中，我們在中正紀念堂的廣場上，共同參與和見證了那一段伴隨我們與民主臺灣共同成長的波瀾壯闊的歷史：

臺北學運如同擦槍走火般地啟動了臺灣修憲的進程，終結了動員戡亂時期，李登輝領導的中國國民黨主流派與民主進步黨裡應外合，最終在一九九六年解放軍的導彈演習威嚇下，由臺灣人集體完成了首屆民選總統的投票，實現了主權在民。李登輝以貝多芬（Ludwig van Beethoven）第九號交響曲終章〈歡樂頌〉為總統就職典禮開場，在一九八九年柏林圍牆拆除的音樂會上，〈歡樂頌〉的「歡樂」（Freude）被改唱為「自由」（Freiheit），我猜那裡有李登輝的狡黠。接著學運世代共同連署發表了由周奕成起草的《臺獨運動的新世代綱領》，宣示臺灣獨立運動應以凝聚兩千多萬人民的國民意識與認同為基礎與優先目標，是一個全臺灣一致在外部對抗中國與國際壓力的運動。惡魔黨已經不再是國民黨了，而今，我們這些看日本動畫《科學小飛俠》長大的一代要保衛的，不只是臺灣，還有地球……。

《北京的秋天——一個情報員之臨終回憶》的故事，是以第一人稱的主角與對岸國家安全人員的往來互動展開的，作者承認人物及場景都有其真實的基礎。主人翁成為情報員是因為留日的指導教授推薦給他擔任國家安全會議諮詢委員的同學擔任幕僚，與大陸的淵源來自在廈門大學經濟學院攻讀博士，並曾在當地臺灣同胞投資企業擔任幹部，和大陸的情報對話管道則是一次出席上海國際關係研究院座談而認識的王滬寧手下小趙逐步發展出來的。所以這樣的情報員並不是我們在〇〇七電影裡看到的會飛天鑽地、百步穿楊的特務，事實上，毋寧可視之為廣義的密使，為政府傳遞訊息。相同之處，當是一樣地風流倜儻，處處留情。

關於對岸的情報佈線，這我倒可以做某種程度的印證。對岸涉臺機構眾多龐大，統一戰線工作經費充足，為避免受到蒙蔽，對岸幾個重要涉臺智庫或情報機構，都可直通中央，也就形成不同機構間的競爭關係。對臺工作重視長期而穩定的關係建立，以便獲得可靠的情報資訊，所以各個部門單位無不使出渾身解數，設法穩住重要的合作對象，也要防止其他單位搶人。對臺灣學術界人脈關係的經營，更是學問。臺灣是民主國家，資訊公開透明，加上學者常有機會進入政府服務或是與政府合作，接受諮詢或委託研究，因而對岸安全部門人員常會側身於智庫或大學研究單位當中，透過學術交流的機會，發展各自的人脈。兩岸學術會議是最好的獵人場合，會議往往只是過場，對岸學者傳達黨意，照本宣科，言不及義。精彩的是會場外的私下交流和深入對話，而旅遊則是雙方可以建立交情和培養互信的最好方式，幾天下來，就知道特定對象有沒有發展成長期關係的價值。主人翁一夕之間進入國安部門擔任高級幕僚，對老楊、小趙所屬的王滬寧系統而言，那真是押對寶了。

這樣的單線關係，由於兩岸同文同種，溝通毫無語言和文化的障礙，長期下來，會形成當事人間特殊的情誼，價值和價格的辯證關係便會隨之在雙方之間激盪翻騰，對岸會以利誘威脅對臺灣人員有所要求，因為會面的地點若在大陸，臺灣人員入人彀中，如有任何閃失，很容易任人擺佈宰割。那真是具體而微的兩岸關係的反映。小說中對岸人員王副研究員（老王），坦承自身是無產階級文化大革命的受難者，和主人翁有英雄相惜之感；但神秘的俄羅斯混血女郎和王滬寧手下的老潘，為了獲取「二〇二七」計畫，就分別對主人翁出手了。

小說的時代背景，主要是二〇〇八年馬英九出任總統以後的兩岸關係，二〇一六年蔡英文總統上任後，兩岸關係急轉直下，二〇一七年一月川普（Donald John Trump）出任美國總統，他像死神般地召喚中華人民共和國，在確定與日本安倍晉三首相共同推動新冷戰的印太戰略架構後，美國在二〇一八年三月發動了中美貿易戰，繼之二〇二〇年美國國會通過《太平洋威懾倡議》（Pacific Deterrence Initiative），要求強化美軍在印太地區的威懾能力，加強與印太區域盟邦的合作，特別是縮小盟邦關鍵的軍事能力差距，臺灣則是點名要求美國總統主動給予軍事援助的國家。二〇二二年俄羅斯對烏克蘭戰爭升級，兵鋒直抵基輔，烏克蘭演示了小國如何運用不對稱戰力對抗大國，其中無人機的大量運用，令人嘆為觀止，這給了臺灣很大的啟示，李喜明此時基於不對稱戰略提出的整體防衛構想，更深深受到國內各界與印太各國的重視。當年五月印太經濟架構在日本宣布成立，規劃全球產業供應鏈與中華人民共和國的脫鉤，對中華人民共和國的經濟發展發生了結構性的破壞作用，陳竹奇小說中便以跨海峽的詐騙案側寫了中國大陸經濟的末日景象。

習近平在二〇一二年就任中國共產黨總書記後提出中華民族偉大復興的中國夢，中華人民共和國的黨國體制，使他看不出自己還不具有挑戰美國世紀的實力，就像黨國豢養的龐大國安部門，沒人敢對中央說真話，幾乎成了公共關係部門和旅行社。小說中在兩岸二〇二七決戰中為臺灣建立無人機軍事工業與防衛體系的方董，就是影射當年人革會國立成功大學的學長，與我同是政治受難者第二代。奇襲北京的成功，則奠基在印太戰略架構和《太平洋威懾倡議》。陳竹奇政治小說的大膽想像有一定的現實基礎，也有遠自他學生時代以來的浪漫情懷，讀起來不免令人思緒萬千，浮想聯翩。

民國一一二年十二月二十五日九時

新北市板橋區萊芬園

推薦序：北京的秋天——女性做為一種「景觀」

黃愛真
（教育部、衛福部醫事人員性別講師）

現實生活中，女性往往因為社會、文化與自我的期待，不斷內化象徵父親的社會秩序，調整自己的語言、服裝、姿態等身心狀態，來吻合環境期待，成為一種觀看的「景觀」：「男性觀察女性；女性則注意自己被觀察。……她把自己變作對象——而且是一種極特殊的對象：景觀。」（《藝術觀賞之道》，商務，頁五一。）遊走東亞與東南亞的國際諜報小說《北京的秋天》，女性角色具體而微地體現了男性主角「我」，看待這些不同東亞文化與區域間關係，也就是主角「觀看」的在地異國風情，投射的家國關係或者自我處境。

一般文藝理論對於女性做為一種「景觀」，多指涉女性如同物件般展示，成為被「觀看」的標的物。然而，筆者在此，提出《北京的秋天》裡的女性，除了與異國風情縫合，旅遊過客隨意瀏覽的「景觀」與神祕幻想，隨著小說逐漸深入主角「我」的任務及「我」是誰，看似景觀的女性角色，逐漸擺脫表象，成為主角「我」的隱喻，或區域關係間的象徵位置。在此，就讀者而言，女性仍作為一種映照出男性角色「鏡像」的景觀。或者，當主角「我」換喻為象徵性「女性」角色，即使現實的性關係仍處在主動位置，在區域與區域間，也仍然如同女性般被「閹割」。（或者，反過來說，區域關係裡的「我」總處在「虛度時光，一種假象」（摘自小說內文）的閹割位置，才使得「我」非得在東亞或者南亞各區域間獵豔，透過真實的女性軀體，證明自己仍是男性英雄般的存在？如同文中常自比的諜報〇〇七？）

《北京的秋天》女性角色，如杭州小姑娘、雅加達單親媽媽等在地無名女性，她們的面貌等同都市景觀，主角一親芳澤所在，「我」透過女性「深入」城市、隱沒在城市內裡；著墨較多的小紅、小趙，如同小貓小狗等具有大致的名字，性格稍具輪廓但模糊不清，呈現不具臉孔的中國某些區域大致女性典型，其中山東大妞小紅對來自小島小國主角「我」的依戀，兩者關係似乎具有某種不對稱體型相處的杆格、曖昧、「我」的自戀，或者無法征服卻又無法抗拒（然而，「我」很明確知道，他過於龐大而不適合「我」），藕斷絲連的區域間關係隱射？

這些沒有名字或者僅具有大致特徵的女件，或許我們僅能稱呼他們為一種在地景觀或者別有目的的用途，用意可能在於呈現主角「我」的觀察或隱沒，如同「我」也沒有名字，僅一個代號／代名詞存在，這些女性角色，如同「我」在區域關係任務間，同樣被放置在「模糊」的角色？在此，「我」看似也和那些女性，沒有什麼不同了。（在別人眼中，被觀看的「我」的面貌也不清楚，如同這些女性。不同的是，這些是「我」的「表演」，刻意安排的行為。「我」有自己的目標。女性在此，成為城市景觀下「我」最適當的掩護？）

另一方面，兒少文學中，作者常設定某種物件或者生物，表現主要人物內在性格，如大家曹文軒的小說《青銅葵花》（小魯出版），作者細密描繪牛的一舉一動、牛與主角的互動，以牛體現主角牧牛童的內在特質；又如「哆啦A夢」中哆啦A夢作為大雄依附幻想中「夠好的母親」（「客體心理學」的一種讀法），觀者從大雄與「夠好的母親」互動裡，得以看見大雄外顯行為的內在需求。《北京的秋天》裡的女性，如同主角「我」的另一個心靈分身，表現或投射主角處在多重位置間的內心小劇場？例如，代號「五月」與「喵」的女性？

至於其他女性，如，主角「我」／島國的代表，對日本的態度與觀感，展現在與日本女性友人真澄間的相處與小小幸福感受。俄羅斯如貓一般神祕的女性，則常常是諜報電影中的刺激美麗女「相手」（日文漢字），這位俄羅斯與中國混血妓女，在小說中從無名女性脫穎成為讓主角「我」恐懼的諜報對象。女性的「無名」，似乎映照「我」而更讓人產生「無以名之」、「琢磨不定」的驚恐。

小說中惟二清晰「可見」，具有力量、擁有自己名字的女性：慈禧與翁山蘇姬，但是在男性的歷史評價中仍帶有爭議。以翁山蘇姬為例，

> 緬甸軍政府這些將軍沒有一個不是翁山將軍昔日的麾下，他們不敢也不願殺害翁山蘇姬，並非他們沒有能力，更不是沒有權力，而是翁山蘇姬是從小他們看著長大，翁山蘇姬掌權

不久，他們以及後續的將軍們重新奪回政權，他們依然沒有殺害翁山蘇姬，翁山蘇姬如同過去一樣被軟禁，就像緬甸這個國家依然被凝固在過去的時間一樣。

（小說內頁九十三—九十四）

女性在巨大的歷史衝鋒陷陣，依舊被放回男性將軍凝視下「小女孩」位置；國家歷史如線性時間，不斷前進，回眸統治者翁山蘇姬時代，國家時間如同回溯凝止在統治者那一刻，一種不斷回去，永遠循環，屬於女性的圓形時間。

作者在《北京的秋天》女性書寫，從文字表現及敘事表達，極其溫和。作為男性書寫的縫隙，仍可見女性作為幫襯、烘托男性角色或者對照的存在。

自序：期待下一個太平盛世

這是一篇以島嶼的命運為思考的主軸，以複雜的國際關係及兩岸情勢為背景的長篇小說。我鑽研國際關係尤其是東亞情勢，大概是十二年的時間。大約等同於我涉入兩岸及東亞事務的時間，這段時間，我也完成了一部戰略專書並曾進行改版。

小說是虛構的，其中隱含的脈絡是我所能理解及認識的島嶼處境。人物及場景都是在真實的基礎上，以想像及虛構來加以堆疊，包括戰爭來臨的可能性，以及戰爭可能的樣態……

或者可以這樣說，戰爭已經靜悄悄地，無時無刻地，在我們身邊展開。但人們的愛慾情仇，人們對於和平的渴望，對於另一個太平盛世的期待與想像，也並未全然落空……

時代的巨輪總是如此矛盾地詭異地行進，而總是有人不會放棄對於和平的努力，而我也希望將這樣的努力書寫下來。

是為記。

目次

獻給台灣　我的母親

夫秋，刑官也，於時為陰；又兵象也，於行用金，是謂天地之義氣，常以肅殺而為心。天之於物，春生秋實，故其在樂也，商聲主西方之音，夷則為七月之律。商，傷也，物既老而悲傷；夷，戮也，物過盛而當殺。

——〈歐陽修・秋聲賦〉

北京的秋天

那一年的秋天，特別美。
因為滿天飄灑的銀杏，在圓明園最後一條小路上。
我正要踏上歸途，風一吹，滿地的銀杏，隨風飛舞。
我看見一個女孩，正張開雙手，迎接著飄落的銀杏。
我忍不住拿出相機，開啟快門，捕捉動態的倩影。
滿天飄落的銀杏，都被我收進了數位相機裡面，還有那個倩影。

在歸途中，我們共乘同一部公交車。
但是我選擇在北京大學下車，為的是瞻仰這所高等學府的校園。
我穿越北京大學的校園，意外地，在一處水池旁邊發現一棵楓紅。
鮮血一般的紅色，不免讓我想到八九年的民運。
但我無心眷戀，仍猶記圓明園的銀杏。

每片鵝黃色的銀杏葉子，飄落在北京的秋天裡。
每片葉子，都是如此圓潤。
以一種花式滑冰高手從雪上飛舞的姿態畫出的弧形。
讓人愛不釋手。

我想把那條小徑上面所有銀杏帶回家，雖知不可能。

我回想由頤和園的情景，那一天，特別的冷，但是北京的空氣特別清新，據說很少遇到的天氣，空氣乾淨得像海島一樣，髒空氣隨時會被大風吹走。

那一天的風確實特別的強勁，把冷風直接灌進領子裡面，頤和園的佔地頗大，但是，整體而言，並沒有顯得特別豪奢，尤其是跟紫禁城比起來，頤和園反而有點化外之地的感覺。

最近有些歷史學家幫慈禧翻案，認為慈禧沒有那麼壞，整個清朝的中衰以致於頹敗，不能把責任全推給一個女人。

話說不能把一個朝代的功過全推給　個女人，這樣的論述基本上是客觀，但是，論起甲午戰爭的失敗，把軍費硬生生拿來造頤和園，結果北洋海軍的整備受到延誤總是事實，打仗打到一半沒有砲彈，也不是歷史學家胡謅的吧？

沒想到對岸這般的歷史教育跟我們島嶼那裡的歷史教育相差甚遠，在島嶼的歷史教育裡面，慈禧可說是禍國殃民，導致清朝腐敗，最終民國肇建，推翻滿清。但是，大陸這邊卻另有一番說詞，或許是不喜歡把功勞全歸給國民黨，推翻滿清，他們認為袁世凱功勞更大，而對於袁世凱的評價，兩岸更是南轅北轍，為此，我還曾跟某台辦領導大吵一架，席間搞得不歡而散，領導的下屬最後甚至問說：「還要交流嗎？」我們兩個才收手。

正當我從頤和園路下公交車，剛走進北大校門口時，小趙打電話給我，說老潘明天約在一家兩岸咖啡見面，我跟他約上午十點鐘，這個時間剛好吃完早餐，然後我可以從入住的酒店走路過去，大概十分鐘內可以到。

我住在東直門站附近的一家三星級酒店，並不是特別豪華的酒店，但是還算乾淨。早餐我都走路到東直門站附近的一家咖啡館。

這裡離雍和宮不遠，但是我一直沒有去。

我在網路上約了一個具有俄羅斯血統的女生。

她有一雙碧綠的眼睛，金色的頭髮，感覺十分神祕。

對於跟老潘的見面，我一點都不期待，但是，跟俄羅斯女郎的見面，我倒是挺為期待的。

上次在莫干山見面的時候，我就覺得老潘這個人有點狠，譬如說我們曾經在一個高約三樓的露天浴池聊天，他問了我一些敏感問題，我沒有回答。他顯然不太高興，就直接恐嚇我說：「你知道我可以直接把你從這裡丟下去嗎？」雖然，這句話聽起來像是開玩笑，但是，還是令人有點毛毛的，我對於這個老潘，很希望能夠敬而遠之，但是小趙勸我，再相處看看，如果不行的話，他再跟上面的領導報告。

我問，老潘不是你的領導嗎？

她語焉不詳的回答，不是，算是合作關係。

聽起來小趙可以直接向北京報告。

而小張則應該是老潘的部屬或者跟班。

但是這個小張好像來頭也不小，曾經在黨校工作過。

可能是知道老潘給我的印象不太好，小趙後來在蘇州四大名園之一的獅子林時，請我喝茶，還幫老潘說了幾句好話，打了個圓場。

其實，這些領導們，每個我都惹不起，我怎麼可能選擇跟誰見面呢？

就連這些領導們下面辦事的人，個個也都很神祕，小張、小趙，就是沒個全名，而且見面從來不給名片，還是我問了很多次之後，他們才願意說出真名，有些，還是堅持叫做小什麼的，就是不願意透露真實姓名。

自從前任政府上台之後，兩岸交流開始熱絡，我從基金會開始做兩岸交流工作，一直到國安會任職，都被賦予兩岸交流工作，兩岸之間跑來跑去，去過魔都至少也有三十幾趟了吧！而且還在阿摩伊大學念過書，在漳州的台資企業上過班，慢慢地也就摸透了他們這裡做事情的方式。

但是，相處久了，接觸的層級似乎提高了，他們慢慢也無法滿足我所能告訴他們的資訊，他們總想知道更多，而我所能講的其實都一樣，雙方的談話從初見面非常熱絡，慢慢地變得有點緊張，甚至不太愉快。

上次在莫干山見面那個場合，便是一個日漸不愉快的例子。

莫干山位於江蘇湖州，從上海過去搭動車不遠，在湖州下動車，再打D過去。

我們約在上海會合，然後一起搭動車到達湖州。

一行人打D到達莫干山的度假酒店，本來心情還算愉快。

小趙事先有跟我商量過，說北京有領導想跟我見個面，我沒有拒絕，事實上，我口是心非地回答非常樂意。

所以有了上次莫干山之行。

老潘由於身分不同，所以，平常單獨行動，他想跟我們會合的時候再會合。就這樣，晚餐的時候，他出現了，並約好吃完晚餐後一起去泡澡。

莫干山頗有江南煙雨的氛圍及感覺，整個山區種滿竹林，泡澡的地方就在竹林裡面，各式各樣的浴池，中藥池、超音波池、牛奶池等等，我們最後走到一個三層樓高的浴池，記得應該是中藥池，我跟老潘剛好在同一個角落，小趙是女生，自己單獨去泡澡，小張則刻意迴避，讓我跟老潘獨處。

老潘開門見山問我，上次在復旦大學，有個香港學者幫我們帶來你們跟美國、日本兵推的資料，後來為什麼去不了了呢？是不是你弄他的？

我不得不誠實回答，我每次來，回去都要寫報告，我不可能不寫。

老潘說，你這樣，害我們這條線就斷了，你覺得我們會這樣就算了嗎？

小趙上次也問過我這件事，那次研討會上，有個姓許的香港學者，被島嶼的國防單位邀請參與美日的兵推，竟然把資料全部帶到對岸來，然後，公開在研討會上炫耀，這樣的情形，我怎麼可能不回報呢？

老潘說，這樣好了，今年我們拿不到資料，你要負責幫我們拿到。
我說，這怎麼可能？
老潘問，為什麼不可能？
我說，我不可能做這種事，這是國家機密。而且，我又不是與會人員。自從上次發生香港學者把資料帶出去的事件後，現在對於與會人員的把關應該更加嚴密了。
老潘直接發飆，「我覺得你講的是屁話。」
「你知道，我可以把你從這裡丟下去嗎？」
我聽完，忍不住退了一步。
老潘可能發現自己說的話太重了，才改口說，「我只是開開玩笑罷了。」
他叫我過去一點，不要離那麼遠，大家都是兄弟，開開玩笑，別介意。
這個時候，小張突然出現了。
提醒我們，浴池關閉時間快到了，不如早點回房休息。
我們一路走回房間，我沒有講什麼話。
但是，回房睡覺後，心裡總感覺有種不安。
莫干山之行回來後，我甚至一度考慮不要再跟大陸接觸了。
但是長官對於我已經建立的聯繫管道，興致仍然很高，加上委員自己去不了對岸，他很希望我能夠扮演他的眼線，多去對岸探探對方的虛實。
這個任務，我已經進行了好幾年了，從前任政府大老板的第一個任期開始，到第二個任期，一直到政黨輪替後仍然繼續進行。
我明顯感覺到對岸的接待單位對於我的期待越來越高，而我能夠滿足他們的，則越來越少。
這個問題的根本癥結不在我，怎麼說呢？
首先，我知道的事情本來就很有限，因為在會裡，我們算是基層研究人員，只負責打雜，說是有博士學位，但是博士學位其實不代表什麼。因為我的層級不夠高，很多事情，輪不到我知道，也許辦公室主任會知道一些內幕，像我這樣的幕僚，通常知道的很有限，除非用猜的，但那不是我的個性，我不喜歡八卦，而且要談八卦，司機房的司機們知道的可能都比我們多。
其次，我們這個會本來就是幕僚單位，雖說在府內，看起來位高權重，但還是要看大老板怎麼用，大老板要授權的話，他也可以舞起來虎虎生風，像內閣軍機處，大老板不重視的話，這裡可以完全是個冷衙門，跟嬪妃被貶的冷宮差不多。
但是這些對岸的涉台單位，不知道是真的不懂，還是裝不懂，總而言之，言而總之，他們的胃口是越來越難伺候了。
自從上次香港學者拿著台灣的兵推資料去大陸炫耀，被我方封鎖後，這件事的責任，好像一直都算在我頭上。

對岸這邊的涉台單位也不急，他們有的是時間跟你磨，反正，他們的工作就是負責接待，我們在對岸所有的時間幾乎都由他們來安排，連私人行程他們都要問東問西，不勝其擾。

最可怕的是，他們對你的事情似乎瞭若指掌到一種可怕的境界，甚至有人在大陸包小三，或者嫖妓這種事情，對岸方面都會一五一十地了解清楚。

在這裡，有時候感覺到自己像個透明人一樣，沒有什麼秘密可言。

所幸，我也沒有什麼秘密可言。

除了存款比較少一點，單身沒有結婚之外，也沒啥秘密可以刺探。

這些涉台單位似乎對我也沒啥皮條可言，因為我確實沒有什麼把柄可以落在他們手裡面，他們可能覺得有點難以下手吧！

北京之行，照理說對一個沒來過北京的人言，應該很吸引人。但是，我對第一次造訪北京，就興趣不高，原因之一是北京的空氣太糟了，霧霾嚴重，PM2.5幾乎就是北京的招牌，想到在秋冬季節造訪北京，我就覺得興趣缺缺。

莫干山之行後，我原本不想再跟老潘有任何牽扯，但是，我的老板表示，這條線不能斷，小趙又是勸進，希望我跟老潘能夠再談談，他保證老潘的態度不會跟上次一樣。

從莫干山下來後，老潘先回北京。

我們一行人還去了蘇州，小張也跟著老潘回北京，只剩下上海這邊負責接待的老楊跟小趙，他們兩人我認識的時間較久，不知道是不是北京的官架子比較大，我總覺得上海這邊的人，同樣是涉台單位，但是真的比較好相處。

遊蘇州四大名園的時候，老楊有事去造訪一位故人。我跟小趙坐在獅子林的一座大宅院的二樓，望著江南庭園的雅緻造景，櫛次鱗比、幽幽深深，小趙特地點了一壺西湖龍井茶，正當二人眼望美景，手中捧杯、口中品茗時，小趙就趁機幫老潘說項，說老潘個性就是如此，不用太介意，大概他也聽聞了我們在莫干山泡湯的情景與對話，竟能夠適時地出言調解。

晚上，我們特意去聽了一段唱曲，唱的還是蘇州這邊的崑曲，當然是一些片段，但頗有吳儂軟語的韻味，小趙是山東人，比較沒興趣，老楊雖是溫州人，但重視做生意經商，對於聽曲，興致不高。聽完一輪，兩人竟都不耐久坐，想要離開了，反而是我興致勃勃，他們只好留下，約定再聽兩曲就走。

我們去走訪蘇州名園，吃吃喝喝逛逛，蘇州的台灣人多，這裡飲食娛樂場所也是頗富盛名，沒有老潘的咄咄逼人，我的心情放輕鬆許多，或許是這樣，比較失去了戒心。

我跟小趙見面第一次是在國際問題研究院，那一次國際問題研究院的陣仗有點大，因為全國島嶼研究會的會長袁非也出席了，她是國際問題研究院的副院長，也是那天整個會議的主持人。

我原本以為我被邀請去國際問題研究院是參加座談，沒想到，所謂座談，是我主講，然後院內其他學者跟我一個人座談，這等於是一個人跟一群人打仗，說實在話，我一開始有點怕壓不住陣腳。

還好，我從魔都浦東機場前往國際問題研究院的途中，就已經打聽到這個消息，心裡已經做好準備，既然要我一個人主講，我就把原本要去復旦大學發表的論文大要講了一次，這篇論文的內容提到日本與中國如何爭奪東海的油田開採權，所以，有點敏感，我小心翼翼地修辭，希望不要讓現場氣氛太僵。

對岸與東瀛爭奪東海油田的過程有點複雜，也有一些令人好奇之處。

兩國暫時劃設的中界線附近已經早就開始闢建油田，開採石油及天然氣，比較有趣的是，這些油田的名稱都跟西湖有點關聯性，譬如春曉、殘雪、山外山、天外天，或許跟東海的地形有點關聯性，因為油田的位置處於西湖凹陷附近。所以，才會將油田賦予這麼詩情畫意的名字。

總算花了二十分鐘左右，把我該負責主講的內容談完，面對將近二十位國際問題研究院的學者，我真的是很佩服自己的膽識。雖然我過去代表基金會來大陸交流也見過不少陣仗，但沒有那一次的陣仗這麼大的。

這居間牽線的就是國際問題研究院的院長助理，也就是張安林，助理院長其實就是副院長，權限很大，他把我丟在現場讓其他學者拷問我，自己就去忙自己的事情，然後，等到整個座談快結束的時候，他才回來。

經過初次的考驗，至少證明我的膽識不錯。而且好歹我也在國際關係研究的領域打滾了幾年，基本的學術訓練及知識體系都建構算完整。

只是袁非問的問題出乎我的意料之外，他只問島嶼與美國的關係，這方面，我確實不了解，也無法提供太多答案，剛好閃躲過去，或許有點答非所問，現場的學者顯露出不耐煩的表情，表示座談接近尾聲，該結束了。

這個時候，一個貌似學生的女生短暫離開，把張安林請回來，那個人就是小趙，隨後，她陪同我們去吃飯，我一直以為她是張安林的助理或學生，沒想到她不是，這一點倒是讓我有點驚訝，如果她不是張安林的學生或助理，那麼她出現在那個場合做什麼呢？她又是誰呢？

老實說，其實到現在我還是不知道小趙是屬於那個單位，但是我知道這個單位應該不是學術研究機構，但是跟外交有點關係。後來，她介紹了老楊跟我認識。

老楊是溫州人，個性相當隨和，他知道我喜歡吃日本料理，所以當天就安排了魔都相當有名的一家日本料理店碰面，老楊的長相看起來有點書卷氣，跟其他領導不同，有些領導粗曠，有些領導派頭，老楊則是帶有一點書卷氣的生意人，正確地來說，是帶有書卷氣的溫州商人，他聚餐時總是滿口的生意經，讓我長了不少見識，所以我也最喜歡跟老楊吃飯。

沒想到我後來做了一件事情害了他，具體他到底受到怎樣的處分我不清楚，我們後來還是有見到面，再次見面，他說自己的小孩健康有點問題，所以才會那麼長一段時間沒有碰面，到底是真是假，我也不清楚，但是拿自己的小孩健康說謊，等於詛咒他，應該不會吧！

我跟老楊及小趙就這樣認識了，就在同一天，認識了小趙及老楊，是我最終來到北京的遠因。

跟北京相比，我真的比較喜歡上海。
喜歡上海，首先是因為喜歡張愛玲筆下的上海。
喜愛張愛玲筆下的上海，當然也喜歡李安導演色戒裡面的上海。
由於喜愛張愛玲，我後來也喜愛上王安憶。
這一切，都是一種因果循環。
上海這個城市，有太多的魅力存在，上海這個城市，也有太多難忘的回憶。看過的書，逛過的石庫門，吃過的私房菜，睡過的女人。

一九九七年，是香港回歸的那一年。
那一年，我去了回歸後的香港。
其實，我沒感覺到有什麼異樣。因為我根本不知道回歸前的香港是什麼樣子。
那一年，也是我造訪上海的一年。
那一年，我也看不出上海跟以前有何不同。因為，那是我第一次造訪上海。
我只記得在城隍廟，吃上海當地美食，偏甜，但是，非常下飯，白飯填了一碗又一碗。最終，陪我吃飯的小姑娘忍不住勸我，不要把菜全吃光，「這樣像窮人」，她輕聲地提醒我。
我離開飯店後，還在路邊買了幾條領帶，送給當時任職的報社同事。
只記得我買的領帶相當老氣，是那種顏色暗沉的深藍、墨綠，然後斜地裡有些白色、黃色條紋的領帶，連我報社年紀比較大的男同事都嫌老氣。

城隍廟很熱鬧，綠波廊的景色很美，一座典型精緻細膩又豪奢的江南宅第。

那一年，我還造訪了杭州。

那一年，從杭州蕭山機場通往杭州城內的道路連鋪柏油都沒有，風一吹，塵土滿天遮眼。

我到達杭州的那一天，恰好是中秋節。

我就住在西湖旁邊的西湖賓館，夜晚賞月的人們如織，我一個人走在西湖旁邊賞月，遠遠望見雷峰塔的塔尖，矗立在雲端。

我的腦海裡面，浮現了所有跟西湖有關的詩句及場景。

西湖賞月，有一種浪漫，也有一種孤獨。

我在杭州的小巷內穿梭，如同我多年後在杭州的小巷內穿梭一樣。希望穿越時光，到達另一個時空，那個蘇東坡寫水調歌頭的時空，感受一下那個氛圍。

我無意中間走到一家卡拉ＯＫ，遇到一位伴唱的杭州小姑娘，名字我已忘記，我邀請他隔天陪我伴游，帶領我去遊覽一下西湖的山光水色。

杭州小姑娘隔天陪伴我度過美好的一天，遊覽了西湖八景裡面的大部分，沒有遊歷的只有留待他日重逢了。

我對西湖的印象始終都是美好的，但這種美好倒是不需要依靠張藝謀的大型山水實境秀來支撐，真正遊歷並體驗西湖的美好後，大型山水實境秀反而變得有點虛假了。

杭州的絲綢城裡面也有逛不完的美麗絲綢，每一件都好像是畫裡古典美人身上穿的一樣，但是，我無法全部帶回家，只好把他們通通留在店裡了。

我在多年後回到杭州城，甚至在城內　家風力發電公司任職，但那是後話了，又邂逅了一位重慶妹仔，但那又是後話了。

逛絲綢城的時候，有位售貨員詢問我來自哪裡？我請他猜看看，他思考了一下，猜我是上海來的，我問她原因，她說我的打扮穿著不俗，沒有杭州口音。應該不是杭州本地人，看起來是外地來的，談吐不俗，所以，比較可能是大城市來的，那就是上海了。我記得杭州不也是個大城市嗎？原來對女售貨員來說，杭州還不算是個大城市，上海才是大城市。但是，那時候的上海，其實還是蠻落後的，我哥哥的公司位於徐家匯附近，有一天我打D行經徐家匯的立交橋，交叉路口上面全部都是自行車，把馬路都塞滿啦，當然，那一年是一九九七年。

現在的徐家匯，車水馬龍，連過去人口較為稀疏的浦東，人口也越來越稠密了。

我跟老楊、小趙第一次約聚餐的地方就比較靠近浦東，嚴格來說，位於虹口區的一家日式料理店，每個人的消費額度大概是人民幣六百元，換算台幣大約是兩千多元，再加上酒水費用，因為我們後來又叫了一些清酒來喝，所以，每個人的花費大約是人民幣八百元。

這一餐，當然是酒足飯飽，老楊跟我大談一帶一路，雖然是官方說法，但是老楊的說法多了很多細節，這些細節來自溫州商人特有的生意頭腦以及敏感神經，他們不只是為了宣揚政令，而是天生會在政令之中找尋商機，找到可以賺錢的管道跟門路，這是我後來長期對老楊觀察的結果。當然，老楊並不知道我暗地裡在觀察他，他只知道我很喜歡聽他講話，這倒是事實，對於我而言，這些生意經跟一些領導們喜歡講的官方說法更吸引我。至少，老楊不會空喊政治口號，他會找到實際落實的方法，讓自己賺到錢。

他讓我想到我哥哥，老楊是溫州商人，我哥哥則是提著○○七手提箱的台灣商人。

我跟老楊、小趙第二次見面的地方在青島。

為何會選擇約在青島，我也有點忘記了。大概是因為夏天吧！

夏天的時候，青島是個度假勝地，也是我一直以來很想去的一個城市。

青島，也曾經是德國人的殖民地，雖說是租界，其實等同於殖民地，第一次世界大戰結束後，德國戰敗，日本強行繼承德國在中國的勢力範圍，所以日本人來到青島，不久，日本便發動侵華戰爭，侵略了東北、華北，而在此之前，日本早已在濟南發動事變，控制了整個山東省。

青島在德國人的治理下，連地下水道都建設非常完整。這一點的確令人嘖嘖稱奇。

我們來到青島的目的，當然不僅僅只是為了觀光，而是希望建立進一步的聯繫管道。我來青島之前，早就跟委員報告過了。委員要求對方代表的層級要夠高，否則，拒絕建立這個聯繫渠道，畢竟委員可是直屬於大老板的國安幕僚。

在我堅持下，老楊跟小蔣才願意透露，原來他們的老闆是王滬寧，當時候在中共中央擔任主席辦公廳副主任，層級不算低，委員了解後才同意。

這趟青島之旅，總算不虛此行，我們雙方都獲得高層的授權，可以進行交流，但具體要合作的項目是什麼，其實也沒談清楚，因為，雙方都有一些界線無法逾越，事關自己機密的部分，是絕不可能透露給對方知道，至於對方的機密，當然是能夠探聽得到越多越好。

所以，雖然合作得到授權，但接下來怎麼合作才算是個問題。但無論如何，相較於這屆政府之前的政府在兩岸關係上處於冰凍時期，官方完全不願意正式接觸，這屆政府的運作模式已經相對靈活，但是我絕對沒有想到把自己置入險境，終究鑄成大錯。

老楊不僅會做生意，而且還是一個懂得生活情趣的人，如果能夠跟他一直合作下去，我當然也很樂意，但是，事與願違。畢竟，天下沒有白吃的午餐，人也不可能一直過著快樂的日子，雖然對岸信仰共產主義，但那畢竟是紅色的天堂路，不能夠完全當真。

由於我主要負責島嶼跟日本之間的關係往來，因此，對於日本事務相對熟悉，他們一開始也都以請教的方式閒聊島嶼與日本的交往情形，包括日本政經發展等敏感度比較低的訊息，所以，一開始談話的壓力沒那麼大，相處也還算愉快。

我們甚至還相約一遊日本箱根，日本的溫泉勝地，對於日本如數家珍的我，介紹日本的風土人情，甚至政經事務，我當然可以知無不言，言無不盡。

因為這跟洩漏國家機密無關。

談話之間，他們有意無意間也會吹捧我是日本通，我對於自己的專業受到肯定，被人尊稱是日本通，也算是甘之如飴，樂得扮演日本通的角色。壞可能也壞在我真的是一個日本通，對於日本事務的確很了解。

我們分別的前一天晚上，在青島的德國總督府舊建築裡面餐敘。

溫泉鄉的迷霧

箱根溫泉，我不是第一次前往。
但是，第一次前往箱根的時候，並沒有住在箱根。
這次我特別住在一家傳統的溫泉旅館，享受無微不至貼心的服務。
除此之外，我也約了日本友人真澄見面。
真澄是一名熟女，是我在網路上認識的，他已經喪偶，有一個兒子在澳洲念書，因此，獨自一人在日本生活，我們是在一個專門供人學習日語的App上面認識的，因為我的日語溝通能力還不錯，便常常在App上面聊天。
我跟真澄相約在東京新大久保見面，然後一起出發到箱根。搭乘小田急前往箱根，應該是新大久保出發最好的選擇。我們一路上聊天，時間很快就過去了，其實，我的日語並沒有好到可以流利的交談，但大致上我們可以理解對方想要表達的意思，主要是前往箱根的旅程是很愉快的，所以，心情特別地輕鬆。
到達箱根後，她先陪我到湯布莊辦理入住，然後，我們一起出發前往附近著名的蘆之湖，搭乘遊湖的交通船，隨即到達箱根山，真澄喜歡爬山，她的臉書上面全都是爬山的照片，日本大大小小的山，幾乎都有她的足跡。
或許是喜歡爬山的關係，真澄的身材維持得不錯，曲線勻稱，雖然臉蛋不算是漂亮，但整個人看起來健康有活力。
我們到達山下，然後乘纜車上山，到達山上後，有健行步道，從山上可以看到富士山，這對於日本人而言，是一件神聖莊嚴的事情。我們相視而笑，因為，能夠看到富士山，對日本人而言，大概就意謂著幸福、美滿吧。而我雖然是一個外國人，卻可以感同身受，有時候，我反而覺得，自己比較像是一個日本人，雖然是一個外國人，但是身體裡面卻住著一個日本人的靈魂。

我們回到湯布莊的時候，已經是傍晚。

我留真澄在湯布莊吃飯，她委婉地拒絕。

我告訴她，晚餐本來就有兩份，她有點不可置信地問我。

「本当ですか？」

我再三跟她確認後，她才同意留下來用餐。

這個房間的陳設相當日式，有兩張單人床，床邊有一個開闊的空間，上面鋪設榻榻米，可以用晚餐及早餐，用餐處外面則是一扇窗，外面擺設簡單的園林造景。

用完餐後，我們一起出去散步。

回到房間的時候，她邀我一起去洗溫泉。

這種日式溫泉旅館的溫泉品質是很棒的，我們換上了旅館準備好的浴衣，一起前往客人專用的溫泉泡湯，這是我們入住時便預約好的泡湯時間。

客人專用的溫泉，有一個半遮幕的入口，進入之後，右轉是一個沐浴與梳理的空間，有簡單的淋浴設備，讓客人泡溫泉之前先淨身，這是日本人泡溫泉之前的習慣，也是一種泡溫泉的禮節。此外，泡溫泉後需要一個地方可以休息，然後，有鏡子及吹風機等，可以梳理頭髮，準備離開溫泉。

跟簡單的梳理空間中間隔著一個玻璃拉門的是一處半露天溫泉，溫泉上方有一個木頭架設並且有屋頂的遮蓋，四方都是通風的，使得溫泉的熱氣可以四散，不至於凝聚在溫泉附近，否則，客人可能因此窒息，我們享用這趟寧靜溫暖的溫泉泡湯行程，但我也在揣摩真澄的心意。

泡完湯後，我們回到房間。

在溫泉的梳理間裡面已經刷完牙了，所以，回到房間不需要再沐浴及刷牙，而且全身暖洋洋的，很快地有了睡意，真澄跟我道了一聲晚安，很快地就鑽進被窩裡面，並且關了燈。

我們去泡溫泉前，全身上下只穿了一件浴衣，雖然更衣的時候，真澄要求我迴避，基於禮貌，我先離開房間。但是，在剛剛泡溫泉前，真澄已經退去她的浴衣，在我面前露出她的胴體，雖然是熟女，但是她的身材仍然相當勻稱，可能是貧乳的關係，乳房也沒有下垂的現象。

我當時已經非常興奮，但是沒有完全勃起的原因，可能是因為溫泉實在太熱了，所以，無法完全勃起。只能目視欣賞她的胴體，真澄並沒有感到羞怯，因為身體埋在溫泉裡面，並沒有真正看得清楚。而且日本人男女共同泡溫泉，在文化上好像沒有性的暗示，我也不敢輕舉妄動。

可是，躺到床上後，我的身體慢慢冷卻，但慾望卻無法止息。

我忍不住從自己的單人床移動到真澄的床邊。

終於，我看到她睜著雙眼，似乎有所期待。

我將自己的唇貼上她的唇。並且開始嘗試用舌頭跟她的舌頭纏繞在一起，她的舌頭感覺很靈活，就像她的身體一樣輕巧。

我把自己浴衣的腰帶解開，同時解開她的腰帶，並且開始吸吮她的乳房，她的乳房平整，但乳頭仍然堅挺，她的身體開始捲曲，因為乳頭被吸吮而興奮了起來，我接著開始往下用舌頭舔她，她感覺整個人都在抽動，無比的興奮，就在我準備插入的時候，她竟然喊出「等一下」。

我愣了一下，已經是最後一關了，難道會停在這裡。

結果，她竟然是問我保險套在那裡。

我沒有準備保險套，顯然我不是預謀的。

但是我真的沒有保險套，她說沒有保險套，不准進來。

我只好說，那麼我們一起去超商買吧，她竟然同意了。

於是我們兩個穿著浴衣，走到箱根街道上的統一超商，只買了一個保險套，結帳的時候，店員看了一眼我們這對中年男女，不知道在他的眼中，我們兩個是否特別的飢渴，總之，我們回到旅館後，的確像乾柴烈火一樣地重複剛剛的親吻，舔拭身體，這一次她沒有放過我，主動地溫柔舔舐，輕柔地用舌頭包圍，直到它整個硬挺起來，就像日本A片演的那樣，只是這次我不是看演員表演，而是親身體驗，就在她把我舔舐到硬挺後，我忍不住在她的身體裡面來回抽送，直到我累了，感覺筋疲力盡，倒在她的懷裡為止。

半夜，我醒來時，發覺我睡在真澄的床上，而她已經換到我的床上睡覺，我忍不住又跑到她的床上做了幾個回合，但這一次，我很快地就睡覺了。

有人形容我的工作像是電影〇〇七，其實我倒覺得沒有那麼驚險刺激，也沒有那麼精彩的動作鏡頭，但是在高度壓力下，試圖透過性來紓解壓力，獲得解放，可能是一種人性的基本機制。真澄隔天早上跟我去附近的公園散步後就回家了，留下我面對當天的任務。當然，真澄絕對不知道我的任務是什麼。

我在中午的時候先連絡上老楊跟小趙，他們前一天晚上已經入住到箱根的一家高級溫泉旅館。這一天的中午會餐算是工作簡餐。我跟他們約在箱根街道上的一家日式定食碰面。中午會餐主要是確認晚上跟岡田健一碰面的事情。

岡田健一是內閣官房輔佐官，是奉派參與我們這次會談的，當然，這是一次秘密會談。由於大老板提出外交休兵的呼籲，希望我的老板能夠落實，不僅是在一些有邦交的國家，包括我們周圍的一些重要國家，如東瀛大國，都能夠理解我們的立場，所以這一次特別透過內閣官房參予派遣一名輔佐官參與會談，而我跟老潘則是雙方的代表。

對於島嶼而言，希望能夠加入對岸的東南亞區域經濟合作組織ＲＣＥＰ，而日本則是希望能夠爭取對岸加入ＴＰＰ，對岸則是希望島嶼與東瀛的經濟合作能夠讓對岸參與，公開透明化，避免因為秘密合作招致對岸誤解，三方面都有一些需求需要被滿足。

晚宴設在老楊下榻的溫泉觀光旅館，老楊住在十樓的高樓層套房，從套房往下看，箱根的夜景盡收眼底，這裡不是一個特別繁榮的城市，而是一個溫泉小鎮，夜晚燈火輝煌的基本上都是著名溫泉觀光旅館。

岡田健一依照日本人的習慣準時入席赴宴，我跟老楊、小趙則是提早五分鐘到場，先點了一瓶紅酒，晚宴選擇的是一家法國餐廳，牛排配紅酒，再適合也不過了。

岡田的中文十分流利，溝通不成問題，我們偶而會用日文交談，但是為了避免老楊及小趙誤會，全程盡量都使用中文，這一天是周末，岡田是用私人身分出席，我們三方碰面，最感冒的應該是美洲老大哥，所以，保持低調與機密是必要的。

事實上，除了交換意見之外，離具體的作為還有一段很遠的距離要走。

去見老潘之前，我繼續在微信上，跟俄羅斯女郎聊天，這位俄羅斯女郎的父親是俄國人，母親是中國人，他的父親到北京經商，認識了母親，後來結婚生子，定居在北京。但是，他小時候，不知道因何緣故，父親竟不告而別，應該是不告而別，所以留下他跟母親居住在北京，這位俄羅斯女郎頗為健談，最後，我們相約明天晚上見面聊聊。

離開箱根之前，老楊跟小趙邀我去搭遊湖觀光船，我有點興趣缺缺，因為，前天剛跟真澄去搭過，興趣不是太高。

老楊跟小趙就邀我包一輛車遊一下箱根，我們造訪了玻璃藝術館，在那裡用了晚餐，隨後又到處逛逛，老楊跟小趙都是初次造訪日本，對於日本有許多好奇之處，我不免擔任起導遊負責解說。

玻璃藝術館內，陳列一些由玻璃製造的工藝品，相當精緻，有些純粹是造型，譬如花卉、水果、人物、建築等，維妙維肖。另外一些則是製作成容器的形狀，譬如花瓶、酒瓶、盆栽、甚至筆墨硯台、書卷、畫軸等，不僅製作精巧，顏色也相當突出亮眼，奪人眼球。

雖然玻璃工藝品琳瑯滿目，令人目不暇給，但是總給人一種易碎的感覺，就像我們三方合作的同盟一樣，表面上光鮮亮麗，但實際上脆弱異常。

隨後，在老楊及小趙兩人盛情邀請下，又前去搭乘遊湖觀光船，只是這次搭船的路線不太一樣，我們搭到湖對面最遠處，還下船走走，欣賞美麗的湖光山色。

隔天，我們離開箱根之前，又在箱根街上一起吃了一次日式定食，對於跟岡田見面以及談話的內容，雖然只是初步的溝通，但是三方面彼此都表現出極大的興趣，也算是有了一點成果。

一個強人統治的威權體制，要能夠維持其治理，往往需要各個派系之間互相鬥爭、互相制衡，不同組織之間，互不隸屬，互相競爭，對岸也是如此罷。

當這屆政府剛當選的時候，其實，我還在民間的基金會工作，雖然被稱之為二軌，但畢竟是民間機構。民間機構當然也可以進行交流，而且可能更為方便，更加靈活。

我在基金會擔任執行長的時候，便開始推動兩岸的交流，也因為這樣，陸續認識了不少涉台單位，而在這個過程中，認識了不少派系的人，只是到底屬於那一個派系，我也說不上來，除非對方非常坦誠地告知，或者等比較熟了之後，願意告知他的老闆是誰，另外有些人，我始終不知道他是屬於哪個派系。

因為這個緣故，等到我前往國安單位任職時，想要跟我接觸的人其實不少，有些本來就認識，還有一些本來不認識，透過別人想要認識的也有。

從日本箱根回到島嶼後，跟老板匯報這件事情。

老板開玩笑地用日語問我，「玩得愉快嗎？」

我尷尬地笑了一笑。

此行看似有斬獲，但是三方的合作還是很空洞。

老板問我有什麼看法，我們兩個關室密談，連主任都不清楚細節，只知道我去日本出差。這個計畫，我的老板也是直接向大老板匯報，畢竟這也是他經常呼籲的「外交休兵」，他很希望能夠看到一點成果。

我建議從緬甸開始，因為東瀛跟對岸在緬甸的影響力都很大，只要他們雙方同意，我們前往緬甸拓展據點的可能性就增高不少，可以做出一點成績。

「接下來呢？」老板問。

接下來應該是泰國跟印尼，泰國的經濟發展在東南亞國家中算是比較好，至於印尼，則是在東南亞國家中影響力大。我們把這兩個國家列為所謂外交休兵落實的重點，分別向東瀛跟對岸打個照會，希望能夠逐步落實。

我們後來還討論到越南與馬來西亞，但是這兩個國家的狀況比較複雜，所以，先列為第二階段的目標。

巴達維亞的今昔

印尼首都雅加達，也就是巴達維亞城。

荷蘭人統治島嶼的時候，也統治著巴達維亞城以及印度尼西亞群島。我依照跟老板報告的計畫執行，首先取得東瀛內閣輔佐官岡田方面的聯繫，其次，當然是連繫小趙與老潘。

我們三方碰頭，這一次不是在溫泉名勝的箱根，而是在昔日的巴達維亞城，也就是現在的印尼首都雅加達。

到達的第一天，跟往日一樣，忙著搭飛機，出關，搭計程車到下榻的酒店。等到辦理入住完畢後，已經是吃晚餐的時間了。

我走到酒店附近的街道，看到一家印度人開設的印度咖哩店，忍不住進入品嘗原汁原味的印度咖哩。

餐廳的陳設很簡單，幾乎沒有裝潢，我點的料理也很簡單，牛肉咖哩以及抓餅，現場做的抓餅，剛出爐的香味，以及拿在手上微燙的觸覺。沾上辛香又濃辣的印度咖哩，真的是一種人間美味。

我忍不住又追加了一份熱騰騰的抓餅，這個抓餅是現做的，需要一點等候時間，他在後面的廚房現做，直接把餅用煎鍋端出來給我，盛在盤子裡。

吃完晚飯，我沿著街道散步，回到酒店。

沒多久，就看到小趙傳來訊息。約定明天中午先碰個面。

隔天中午，我們造訪了巴達維亞城總督府，這棟建築物已經改造成為一間餐廳，餐廳的建築物就是舊的總督府，一棟木造的歐洲式建築，古色古香，我們在那裡，菜單裡面竟然有一半是荷蘭菜，另外一半是印尼菜。

想起我們相約在青島那次，也曾在青島的德國總督府餐敘，那棟德國總督府是兩層樓的木造建築，看起來仍然相當堅固。昏暗的燈光，更增添浪漫的氣氛，小趙在那次餐敘，贈送給我一本毛詩選，還特別為我朗誦毛澤東寫的沁園春、雪。

北國風光，千里冰封，萬里雪飄。望長城內外，惟餘莽莽；大河上下，頓失滔滔。山舞銀蛇，原馳蠟象，欲與天公試比高。須晴日，看紅裝素裹，分外妖嬈。江山如此多嬌，引無數英雄競折腰。惜秦皇漢武，略輸文采；唐宗宋祖，稍遜風騷。一代天驕，成吉思汗，只識彎弓射大雕。俱往矣，數風流人物，還看今朝。

想到這次，我們飄洋過海，來到印度尼西亞，試圖讓東瀛跟對岸進行合作，不僅感受到自己也頗有沁園春中那種「數風流人物，還看今朝。」的氣概。

老楊說，對岸想在印尼幫忙蓋一條高鐵，從雅加達到泗水。

我聽完，覺得一定還有下文。

對岸現在的高鐵工程品質已經大幅提升不少，應該有能力競標。

老楊說，印尼政府說要公開競標，結果對手竟然是日本ＪＲ，他問我是否聽過？

我跟老楊說，ＪＲ就是日本鐵道，是日本國營的鐵路公司，也是負責興建及營運新幹線的國營鐵路公司，在國際之間評價很高，可以做到零事故的績效。

老楊聽了很不以為然，他說，對岸現在的高鐵工程也可以做到零事故。言詞之間還有點暗示，島嶼以前就是被日本殖民統治，所以才會覺得日本樣樣都好，其實，祖國的東西也不差，不，是一樣好。

小趙這個時候出來打圓場了，她說，東瀛的東西是好，對岸觀光客去東瀛旅遊都喜歡買東瀛貨，就是怕在國內找到假貨。現在對岸的高鐵也已經達到世界級水準，可以跟東瀛公平競爭。

我問說，東瀛來競標，也不一定會得標。我是實話實說。

但老楊可不是這麼想的。他希望這件事可以事前就決定了。

我感覺這件事情有難度。

沒想到，老楊其實留有後招。

那天晚上，我們在雅加達市中心的一家五星級酒店碰面，岡田輔佐官跟印尼官員Pintu也都出席了這場餐敘。雖然是非正式的聚餐，但是，選定的餐廳還是相當高級，只是用餐的料理是傳統印尼料理，我說不上來菜色，但是對於酸酸辣辣並且加上很多奶油的食物，我一向非常喜歡，而且，因為印尼是伊斯蘭國家，所以，不吃豬肉，大部分都是牛肉、羊肉或者雞肉，只是因為伊斯蘭教會讓動物的血流光，所以聽說肉質比較柴，需要花費功夫用佐料來調味。

由於印尼官員不會中文，餐桌上大家改用英文交談，與會人士都涉及外交事務，用英文溝通倒不是難事。

印尼官員Pintu對岡田很客氣，我原本以為日本對於印尼的高鐵案已經勢在必得，沒想到Pintu

看到老楊更客氣，我倒是有點低估老楊了，後來才發現老楊是做生意的高手。如果論做生意我還差老楊一截，不，是一大截，可見老楊時刻掛在嘴邊的生意經不是唬嚨用的，是動真格的。

那一天的餐敘照樣還是很愉快的，可謂賓主盡歡。

印尼官員的態度我看在眼裡，總覺得事有蹊蹺，有貓膩，北京不知道動了什麼手腳，跟我原先的判斷有很大的出入，我在自己給老板的報告裡面也有提到，嚴防半夜翻船，因為我們的榮工處、高鐵公司及大陸工程公司都有參與日本高鐵在印尼的競標，做為下游廠商，如果日方沒有得標，我們利益損失也很大，這是國安問題。

隔天，老楊跟小趙安排了雅加達一日遊，沒有邀請岡田輔佐官同行，印尼方面也只有一名秘書與導遊同行。由於秘書與導遊不懂中文，我得利用這次機會旁敲側擊一番。

其實，老楊並非我第一個認識的對岸涉台單位領導，但是，以經貿談判而言，他可以說是一等一的高手。

其他單位所謂的領導到底有什麼本事呢？

首先談談我第一個認識的阿蔡吧！

島嶼隔著海峽對面有個港灣，這個港灣是來到島嶼的移民的故鄉，也就是祖先的故鄉。所以，基本上，他們的語言是互通的，也因此，他們是互相交流的重點基地。

我第一次到達這個美麗的港灣去交流的時候便認識了阿蔡，阿蔡為人感覺相當樸實，和藹可親。由於長相比較樸實，所以，他的外表比實際年齡要老很多。我還在那所大學念研究生的時候，阿蔡便對我非常照顧，雖然不致於大吃大喝，但是平常生活上的照顧也令人感到溫馨。

譬如我申請住在學校宿舍的時候，雖說是研究生宿舍，但床板實在很硬，睡不習慣，我只好去買了一個很厚的床墊，床墊實在太大了，是阿蔡用他的車幫我運送回宿舍，讓我感覺十分溫馨，這份恩情令我沒齒難忘。

但是，阿蔡除了處理這些人情世故得心應手之外，其他事情可說是一竅不通，沒辦法跟他討論比較高層次的問題，譬如說國際戰略。

當我還是研究生的時候，我也不太懂什麼國際戰略，我只感受到阿蔡帶給我的溫情，這些溫情來自生活上悉心的照顧。

但是，這些生活上的照顧已經漸漸無法滿足我的想像與要求了，尤其是當我拿到博士學位，並且進入國家安全體系工作後，我的思考模式一下子拉高了許多，考慮事情的層面完全不同，因為不同，所以期待的回饋也不同，很顯然地，阿蔡能夠給我的回饋還是差不多，無非是吃吃喝喝，無非是嘘寒問暖，無非是遊山玩水，但這些東西的滿足度都是有盡頭的，邊際效用還是會遞減，直到幾乎沒有邊際效用的時候，連我都覺得有點感傷，而阿蔡似乎也感受到這種距離。

進入國安單位後，我的工作有點像英國情報員〇〇七，也許是〇〇七的電影看太多了，我也期望每到一個城市就會發生豔遇，但是，事與願違，電影畢竟只是電影，所以，我開始尋找每一種可能的邂逅，也許，現在回想起來有點像是做夢，但是，發生的當時，卻是如此真實。

雅加達的那次邂逅，對象是一個年輕的媽媽。她的身材並不好，皮膚也很黑，如果在本國的話，肯定看不上眼，但畢竟是在東南亞國家，只是編織一下異國風情的故事罷了。

她需要照顧小孩，等小孩入睡後才能過來旅館，同時，必須半夜回去，所以能待的時間真的不長，也因為這樣，令人感覺時間特別值得珍惜。

等到我回想起跟阿蔡曾經美好的相處時光時，其實也有同樣的感慨，美好的時光總是不長久，不管對方是男人女人，不管你們相處的方式如何。

我擔任記者的時候，有段時間單身，因為夜晚寂寞難耐，便想方設法能夠找到打發時間的伴侶。其中一種方式叫做電話交友，電話交友必須先買一張電話卡，然後輸入卡號，如果剛好有女生打電話進來，便可以接通到家裡電話或者你的手機，就這樣，我陸陸續續接到不少通電話，當然，不是每次都能發展到做愛的那種關係，甚至有時候空等待一個夜晚，也不會有任何電話，有時候，對方只是無聊，想要找個人聊聊。有些時候，對方跟你約了一個地址見面，結果前往赴約竟只是撲空。

在這些盲目約會的對象中，有一個單親媽媽令我印象特別深刻，她堅持要去她家附近的汽車旅館，因為做愛完後，她可以立刻回家照顧小孩，她坦承自己有性需求，但又沒辦法交固定的男朋友，因此，選擇用電話交友的方式，我問她不怕遇到壞人嗎？她說，不會有人想要欺侮單親媽媽媽吧，隨後她看看我說，我看起來不像是個壞人。

後來，我們那次約會並沒有成功，因為我想回家做愛，去汽車賓館對我來說並不方便，我還要從那個城市的一端回到另一端，然後，準備明天上班。這個單親媽媽其實看起來很清秀，只是我們兩個作息跟地點很難配合，最後，我竟然載她回家，放棄這次盲目約會及做愛的機會，她最後忍不住抱怨我浪費她的時間，她好不容易晚上有空可以溜出來，唉！我也不想這樣，但是我等她到半夜已經很睏了，開車繞了半個城市也累了。所以做愛的興致已經幾乎完全消失，後來，電話交友也沒有再接到她的電話，畢竟每天工作都很忙，真的有時間的空檔很少，也未必有興致。有時候想想，把D槽打開，找出自己喜歡的影片，看到激情處射發，真的比較省事，難怪許多宅男的女友們都住在D槽裡面，還可以隨叫隨到。

所以，〇〇七的美麗邂逅及豐富浪漫的性事，大概也是一種滿足男性英雄主義的性幻想吧！是電影情節，也是添加在情報員生涯裡面的幻想故事，如果真的要落實，恐怕都會不如預期。我不是沒試過，只是有時候劇情有點平庸，不忍卒睹，雅加達這個故事就是最好的例子。

隔天，我自己再度走訪巴達維亞總督府，或許是因為沒有老楊跟小趙在場，我開始想起巴達維亞總督府跟島嶼的關聯性。

荷蘭人在十七世紀號稱是「海上的馬車夫」，他們也曾稱霸當時的海上世界，並且在全球建立殖民地，他們在東亞的據點，包括現在的印度尼西亞以及島嶼的南部大員附近，因此，荷蘭總督有半年的時間居住在雅加達的巴達維亞城，另外半年則是居住在大員的普羅民遮城。

此外，荷蘭人還在東瀛的南端港都長崎興建商館，德川幕府禁止天主教傳教，並且進行鎖國的三百多年時間，唯一能夠與日本通商，並且興建商館居住的就是信奉新教的荷蘭人，日本接觸西方世界沒有斷絕的管道就是荷蘭人的蘭學。

想起這一切，我的歷史軸線就不是以中原為主的看待這個世界，而是以荷蘭人的海外開拓史為軸線來思考這個位處於西太平洋島嶼的關係。

歷史很有趣，當地理的軸線不一樣的時候，你看的世界恍惚也變得不同。譬如地中海的歷史，希臘人或者土耳其人，北非迦太基人或者埃及，義大利人，或者西班牙人，他們看到的地中海都不太一樣。

我們跟東瀛合作這麼密切不是沒有道理的。

大老板授權的情況下，我的老板前往東瀛跟時任最大在野黨的黨首會面。這個最大在野黨，戰後在東瀛執政已經長達半世紀以上，其實當時的執政黨也是從這個最大的在野黨分裂出去的，我們剛剛跟這位黨首建立溝通渠道後，一個多月後，這個政黨贏得眾議院多數席次，重新獲得過去已經掌控長達半世紀的執政權，黨首立即成為首相，我們建立的渠道原本只是政府對政黨的溝通渠道，一下子就立即上升到政府對政府的溝通渠道，偏偏我們的政府與對方的政府並沒有正式的外交關係，所以，這個祕密溝通渠道算是我的老板無意中建立的一個大功。

新的首相上任後，對於這個剛剛建立的溝通渠道並沒有立即廢除的意思。

主要是國際情勢已經丕變，遠在美洲的老大哥十分支持東瀛與島嶼加強關係，就這樣，新首相也樂於順水推舟，我們之後前往東瀛求見首相，也都獲得首相代理人的首肯，願意繼續見面，並推動一些雙方合作的構想。

這才會有後來的陸續接觸，也意外地跟對岸的關係搭上線後，東瀛並未拒絕跟對岸談合作，這大概是美洲的老大哥始料所未及吧。

所以，岡田輔佐官的出現與參與，當然都有得到授權。只是，東瀛那邊，首相最後的決策是什麼，還是難以捉摸，表面上，他們遵奉美洲老大哥的命令，實際上又因為面臨對岸直接的威脅，經濟上的或者軍事上的，使得他們不得不圓滑地，或者應該說是狡猾地應對。

我被知情的人嘲笑是〇〇七，除了每到一個陌生城市就獵豔的情慾幻想之外，照理說應該還有殺人的情節，我在部隊練習射擊的時候，槍法極準，打靶六發全中，雖然未曾真正殺過人，但是，在外交場合跟這些高手過招，有時候比殺人還刺激，當然，我也曾經想過可能被暗殺，因為牽扯龐大的利益。

那天晚上，我約了俄羅斯混血見面，她有一頭金黃色的頭髮，碧綠色的眼睛，唯一比較沒有符合想像的是她的身高並不高，大約只有一百六十幾公分，此外，她的中文講得很好，因為她在北京長大。

也許因為實際年齡不大，她的談話內容顯示出她還是一個可愛的女孩，很直爽，但並沒有很深的心機。

我們聊到北京的天氣以及北京的空氣等等，小俄羅斯女孩對於我來自南方的島嶼倒是十分好奇，問了我很多關於島嶼的故事。我實在很難對一個一直生活在北方的女孩訴說屬於南方島嶼的故事。

後來我想到了王家衛的電影重慶森林，她說她沒去過重慶，我說那只是電影的名字，我要講的是片頭火車駛過的那片森林，應該就是屬於熱帶的森林，但是她沒有看過這部電影，這部電影對她來說有點太老了，我說不上她喜歡的電影或者其他東西是什麼，畢竟我們相處的地理環境相差太遠，而且年紀又相差太多，因此，幾乎沒有共同的話題。所以，我們兩個維持各說各話的狀態，但始終對於對方的話題保持高度的興趣，倒不是刻意保持興趣的客套，而是因為太過陌生產生的吸引力。

喝完咖啡後，她還答應我們一起去看部電影。

電影片名基本上我已經忘了，可能是她知道我喜歡日本，所以我們去看了一部很像是日本動漫的電影。然後，主角是個女生，應該是個高中女生，她具備魔法，能夠懲治惡人，所以到處行俠仗義，懲兇除惡等等。

這個俄羅斯女孩看得津津有味。看完電影後，我牽著她的小手逛街，她很直率地告訴我，如果需要她陪我過夜的話，我要付出一點代價，那個代價當然是指貨幣的力量，而非其他力量，我表示理解，但是，因為隔天還有重要會議要開，我必須早點回去休息。這是事實。我請她回去，明天晚上等我的訊息。她微笑地揮揮手，給我一個飛吻道晚安。

明天晚上的約會，感覺不太像是ＡＶ影片，比較像是童話，但是這個童話卻是有異樣色彩的童話。白雪公主與七個小矮人，據說也有不同版本的解讀方式，有的版本聽起來更像是ＡＶ影片的情節。

我跟老楊、小趙當然不只是去過印度尼西亞，我先來說說對岸如何在印度尼西亞高鐵的工程得標吧。原來在參與競標的廠商資格及條件裡面，有一個非常重要的條件是籌措資金的能力，而對岸提出的條件顯然十分優渥，換言之，印尼政府可以不用花一毛錢，就興建了一條從雅加達到泗水的高鐵。

印尼這個國家當然得付出一些代價，我猜想他們也不可能不知道，只是負責的官員或許被買通了。至於，東瀛能夠提供的資金籌措或者貸款條件肯定是相形見絀，因此敗下陣來。

這些資金籌措與貸款條件，老楊肯定是事先知情，而且可能還是由他負責操盤，但是，他保密功夫到家，也難怪他表現出一付老神在在的樣子。

經過印度尼西亞這次教訓之後，東瀛的內閣輔佐官岡田反而對於我們這個三方的合作組合顯露出高度的興趣，我一開始不太能理解，東瀛不是被擊敗，而且落居下風嗎？為何在這種情況下，反而願意持續合作呢？或許可以說東瀛願意向強者低頭的一種生存哲學吧！

但是，其實事情比我想像中要複雜，因為岡田跟老楊之間似乎也達成了某種默契，在印尼那段時間，或許他們也像我跟老楊會私下見面會商一樣，他們應該是見了面，然後達成了某種協議。

我向Pintu打聽這件事情，他佯裝不知情。

但是我想他不可能不知情，而是不願意告知，或者不方便告知。

無論如何，我應該是被蒙在鼓裡，應該說，我一定會被蒙在鼓裡。

而事情的真相，或許我永遠不可能知道事情的真相。

但是，至少，我們前往緬甸見面的時候，我已經可以慢慢嗅出幕後的味道。那是我這個原本自己以為江湖歷練足夠，在社會上打滾那麼久，而且久經沙場洗鍊的老兵所無法想像與體會的險惡與詭譎多變的世界。

在仰光的雨夜裡

緬甸那時候剛剛出現一個復興的嶄新氣象，不僅僅是出現一個新的時代領袖，一個大家長久以來期盼的國家女領導人，也是大家懷抱希望的國家未來出現契機與展望的時候。雖然失望不久便接踵而來，那是大家所不希望看到的，但黑幕很快地就降臨了。

我們造訪緬甸的時候不巧遇到雨季，整整一個禮拜都在下雨。

雨季裡，好像會使人意興闌珊，但是我們造訪緬甸並非為了旅遊，而是為了緬甸的復興計畫，飽經戰亂的國家需要重新好好建設，基礎建設非常重要，但是國家沒有錢，需要其他國家伸出援手。有能力伸出援手的國家不少，但是能夠獲得軍政府信任的國家並不多，儘管女領袖上台了，但畢竟不是憲法上規定的國家領袖，軍方還是把持朝政，要獲得文人政府同意較容易，但是要獲得軍方支持就比較難了。

跟緬甸政府關係最密切的國家，一個是東瀛，一個是對岸。

兩個國家是緬甸最信任的國家，也都具備能力援助這個貧窮又落後的國家。偏偏島嶼在這裡反而使不上力，我在這裡的感覺就是可有可無，沒有什麼存在感。

我時常夢見我登上阿聯酋著名的摩天大樓頂樓，俯瞰整個阿拉伯半島的風光，其實就是一片荒蕪的沙漠上面，點點綠洲看起來是如此珍貴，卻又如此渺小。我其實就是荒漠裡面的點點綠洲，儘管綠意盎然，儘管充滿生機，可是，在一片荒漠裡面，看起來更像是一種假象，一個海市蜃樓，一種渺小的希望。

我站在阿里法高塔上，四方只有無邊無際的沙漠，陣陣的風沙吹過來，萬里無雲的天空，藍得有點可怕，純粹到令人心驚膽顫，我彷彿看到遠處的沙漠風暴正在靠近，就像在西太平洋的熱帶島嶼上面一樣，面對遠處正在形成的熱帶氣旋，只能遠遠觀望他的趨近而無力阻擋。又像是在高山上看到遠處正有猛烈的海嘯襲擊，我想以身阻擋，但是身體的重量輕如一片羽毛，而在漫天風暴中，羽毛任意被擺弄並且狂飛亂舞，瞬間失去方向。

在緬甸的一個禮拜都是雨季，我在酒店整整待了一個禮拜，等待著召喚。

像妓女一樣，等待客人的召喚。

不管是對岸的老楊、小趙，還是東瀛的輔佐官岡田。

他們在這裡有忙不完的事情，每天行程都排滿了。

可能是當地的使館安排的行程，拜會政府官員或者商會聚餐，這些行程都跟我無關，我也不適合出席。

他們應該也有碰面密商的時候，但是不需要我的參與，因為我代表的國家在這裡根本使不上力，勉強在這裡設置的代表處主要幫忙觀光客處理護照與簽證問題，代表處的負責人層級很低，也不受到重視，除了一個代表外，包括秘書及其他雇員都是當地人，我也不方便麻煩他們，甚至避免驚動他們，我就像是一個尋常的觀光客一樣到達，並入住酒店。

但是我的行程一點都不像觀光客，因為我很少出門，或許是外面的雨真的太大了，因為我從電視上看到到處氾濫成災，每天如同島嶼夏季的午後雷陣雨，不斷地下著，只有雨停的時候，我會稍微出門走走，逛逛附近的佛寺，這些佛寺看起來金碧輝煌，但是，由於是小乘佛教，加上過去的君主體制，這些耗資龐大、建築宏偉且金碧輝煌的佛寺其實是過去君主的靈骨塔，或者應該稱之為舍利子塔，為了讓君主去世後成佛，在他們仍生活在人世間時所興建，理解了這些信仰背後的緣由之後，我逛這些佛寺的心情大不相同，我們大乘佛教的佛寺至少有度己度人的意涵，而這些小乘佛教的佛寺純粹只為了一個人興建，只能度化一人，我終於了解小乘佛教加上君主制的後果。

老楊跟小趙的組合貌似搞經貿的高手，但是，如果要論國際政治，軍事才是硬底子，如果沒有軍事當後盾，隨便派些潛艇就足以將一個國家的對外貿易通路及航道封鎖了，這對過度重視外貿的國家，尤其是島國反而是致命傷，因為大陸國家還有陸路可以做為替代方案，島國很難，航空雖然未必會受到封鎖，畢竟成本較高，半導體等高科技產業的成品或者還可以靠空運，那些質量輕的高科技產品透過空運的運費成本較低，但有些貨物只能靠海運，也許聽起來有點Low，但一個國家缺乏糧食或者工具機可能都會成問題，民生問題需要糧食解決，除非你能完全自給自足，而工具機是工業製造的基礎，連高科技產品都需要工具機，至少周邊零組件的製造需要工具機，當你的海路被封鎖時，意味你的零配件無法進口，如果要自己生產，雖然技術門檻不高，但需要工具機，工具機基本上只能靠海運，空運就算能夠運送，運輸成本也很高。

這個時候，就可以理解，雖然搞經貿的有錢在手，講話可以很大聲，但是搞軍事的人底氣更足，因為經貿沒有軍事支撐是很難存活的。

我跟王研究員是在魔都的某個知名大學認識的。

我當時擔任基金會執行長，負責兩岸交流，初次到對岸進行學術交流，除了島嶼對岸的港灣外，魔都是一個必不可少的地點，而且我們在這裡造訪了不少單位及研究機構，其中之一就是這所大學。

這所大學一開始是用當時帝國給其他侵略的西方帝國賠款興建的學校，所以，校園內還有一塊石碑標明了學校初建時的性質，如今，學校的校園已經擴展到魔都的郊區。這塊校地在市中心區，想必十分昂貴，只有少數科系留在這個校區。所以，要逛完這個校區其實十分容易，但是，他的大門卻又是古色古香，充滿了復古氣息。令經過校門口的行人或者甚至車輛，都會忍不住多看兩眼。

我去這所大學造訪一位東瀛研究學者，這位學者頗有知名度，但是已經屆齡退休，他曾經擔任國家級的研究機構有關東瀛問題的研究中心領導，算是非常資深，因為即將屆齡退休，被挖角到這所大學來，這所大學原本以理工著稱，為了發展人文社會科學，必須挖角比較重量級人物來，所以主任就成了挖角的重點了，主任也姓王，姑且稱之為王主任，而另外一位王研究員則簡稱王兄。

我們拜會王主任的行程快要結束時，王兄才出現，遞上名片一看，掛的是該研究中心副研究員的名義。我原本以為是學術界人士，沒想到他的談吐完全不像，幾乎沒有學術界名詞，但是談吐堪稱文雅，後來才知道他本科念的是外文英語專業，因此，負責幫該中心接洽說英語的外國貴賓，當然，這位王兄顯然另外有個身分，這個身分就不便表明了，我也不再追問。回島嶼後，這位王兄勤於跟我書信往來，就這樣，持續了好幾年的時間，我一直把他當做一個很普通的朋友，但持續交換意見，尤其是對島內的政情，他特別關注。

我每次有機會去對岸進行學術交流的時候，總會找他聊上兩句。

魔都的確是個十里洋場，也造就了許多繁華的景象。

但是，進入到每個人的家時，才發現十里洋場的繁榮景象只是表象。

就像我在城隍廟附近的石庫門小巷弄閒逛時，就可以馬上發現幾乎貧無立錐之地的人們生活起居的場所。一個不到十坪大的空間裡面，住著一戶人家，客廳、飯廳兼廚房，路過的人完全清晰可見，再往裡面走就是睡覺的臥室，廚房跟客廳共用一室，甚至沒有空調，必須在戶外埋鍋造飯。

但是，就在對岸，江東區的摩天大樓，從我初次造訪魔都開始，便一棟接著一棟興建起來，一棟比一棟高。一棟比一棟更加豪奢，接著這幾棟摩天大樓蔚為一處都市叢林，成為魔都的地標。而那些石庫門小巷弄的貧窮破敗景象依然沒有改變。

王兄的家位於那所大學舊校區的附近，有一次聚會途中，他回家一趟，我只在門外守候，便看見公寓裡面一付清貧的景象，與外面的魔都世界商業中心區百貨公司林立，櫥櫃光鮮亮麗的景象，真的有天壤之別。

王兄跟我說起文革時期的經歷，講到父親知青下鄉，住在牛棚裡面，過苦日子，回到魔都後，老家已經被充公了，沒有立足之地，只好從頭開始。所以，他小時候過的日子很苦，跟著父親一起受苦，有時候他很怨自己的父親，為何要讓他受這些苦，他痛恨知青，沒想到長大之後，還是得靠念書才能有出息，如今能夠安家立業，主要還是靠自己念書。時代已經不同了，雖然他也痛恨文革，但沒有人想回到文革那樣的苦日子，他終於可以靠著念書的本事，讓自己有一個安身立命的所在。

我不知道王兄是否刻意在跟我交心，自從他那次把父親受過文革的苦坦白告知後，我對他多了一分親切感，並沒有將他當做是一般涉台人士來看待。其實，他的身分對我而言，始終是個謎。

不久，王兄便邀請我擔任這所大學該中心的客座研究員，每年都會定期前往那所大學召開一次國際性的學術研討會。很湊巧地，這個研討會的主題經常都是環繞美洲老大哥、東瀛及對岸等三個國家，而美洲老大哥基本上都是駐東瀛的使節擔任，換言之，其實要談的是東瀛跟對岸的關係，談來談去，仍然是個老話題，所以，每年的研討會縱使有新話題，也不怎麼新，倒是研討會後的私下交流，更值得關注。

不曉得經過多久的交流之後，我終於慢慢能夠了解王兄的人際網絡，但每次剛接觸他介紹的領導，下一次，他介紹的領導又換人了。直到有一次，這次我覺得對方的姿態跟以往不太一樣，我才真正窺見王兄人脈的底層，這個底層後來確實沒有變過。

除此之外，其實我到對岸交流的人還不少，有一位夏兄是在魔都的市長辦公室裡面當差。雖然我跟他之間沒有業務往來，但也因為相談甚歡而成為好友。

夏兄為人豪爽，他的辦公室裡面也是臥虎藏龍，其中一位副處長是西安人，這個人腹中墨水甚多，經常談論歷史，欲罷不能，為酒席間更添許多歷史典故。

夏兄跟劉處大概都是屬於我在對岸遇到比較好相處的人，當然也有不好相處的人。所謂不好相處，有時候也很主觀，譬如話不投機，不投機到什麼地步呢？照理說，宴客的席間主客之間盡量不要言語爭鋒，互相尊重，但是，原則是原則，例外是例外，有些人的脾氣與觀念不合的時候，也很難將就算了，真的要較真起來的時候，發覺還真的是不對盤。

這種不對盤，有時候倒不是真的有利益衝突，反而是因為沒有真正的利益衝突，大家才會這樣肆無忌憚地較真。

譬如，有次談到慈禧太后，竟然發現彼此的評價差異如此之大，我們從小受到歷史教育幾乎都是將國民政府的敵人視為敵人，但是對岸不同，對岸恰恰好就是國民政府的敵人，因此，對於國民政府的敵人反而評價相對比較正面，譬如慈禧太后跟袁世凱這兩個人，在我們過去的歷史教育裡面可以說是一無是處，慈禧為了興建頤和園而挪用北洋艦隊經費，而袁世凱復辟採行帝制，都被視為是民國之敵，但在對岸的觀點裡面卻自有一番說詞，我們竟然可以為了這個問題鬧到不歡而散。這也是始料所未及。

說實在話，所謂慈禧及袁世凱為惡人這種說法，是國民政府歷史教育的結果，雖然對岸的說法也未必客觀，但的確呈顯出兩種的差異。島嶼民主轉型後，雖然很重視自己的主體性，一直強調要有自己的史觀，但是，在看待民國史的問題上，還是秉持國民政府教育的史觀，沒有什麼自己主體性的史觀，這點倒是蠻荒謬。

這位姑且稱之為老程的領導，年紀不大，但確實很固執。而我呢，事實上也很固執，只是執著了半天的史觀，發現其實是國民政府的史觀，也不是什麼島嶼史觀。

無論如何，我跟這位領導之間的互動，既無法以善始，也無法以善終，算是蠻不愉快的。因為認識的過程也不算愉快。

話說，大學社團有位學長，知道我在國安單位工作，曾經邀請我去軍方的廣播電台上節目。我應邀出席，席間談到我即將啟程前往魔都，他竟然說他也要去。

我來到魔都是為了參加一個學術研討會，沒想到學術研討會結束後，這位學長竟然說要來我住宿的酒店碰面，要介紹朋友給我認識，我因為沒有得到授權，不願意輕易就跟對岸的涉台單位接觸，所以，委婉拒絕，沒想到這位學長竟大辣辣地帶著他的所謂朋友，一行人來到酒店，而且直趨我的房間門口，幾乎是霸王硬上弓。

我把房間燈關暗，假裝沒人，這位學長仍然帶人到門口敲門，陸續敲了大約十分鐘左右，才揚長而去。行徑之囂張，實在令人瞠目結舌。

後來，機緣巧合，我竟然認識這位在對岸國安單位任職的領導，談到過往的一些經歷，我才想到，他們是那位學長要介紹的朋友。或許是習慣如此明目張膽的囂張行徑吧！才會在吃飯的席間搞到不歡而散。

這位領導幕後的老板確實是個有頭有臉的人物，是對岸大老板面前的紅人，後來奉命接任國安單位的領導。也是七個領導之一，算是位高權重，但越是這種容易仗勢欺人的，我就越不想接觸。

雖然如此小心應對，但我始終覺得自己的前路危機重重，彷如走在漆黑的道路上，經常找不到方向。

在緬甸的那幾天，我好像雨季時無事可做的農夫一樣，等待太陽的召喚。

岡田在第三天晚上，邀我一起跟東瀛商會的朋友們餐敘，由於是餐敘，談不上什麼機密，他才會邀請我，我也就慨然赴宴。

我第一次見識到東瀛在緬甸的實力，這裡整個社區都是日本人居住，感覺上治安特別好。除了警察之外，我認為社區應該還聘請保安負責巡邏。在相對落後而紊亂的仰光街區，這裡簡直跟日本本土沒有兩樣。

而我們聚餐的小酒館，簡直就跟東京銀座的餐廳一模一樣，不知情的人如果只看到餐廳內部的陳設，真的會誤以為自己就在銀座。

應酬畢竟是應酬，我們一起吃著燒肉，一起聊天，一起喝著清酒，大部分的話題都圍繞在日本的歷史、文化，很少談到政治。偶而才提到緬甸，日本商社的大老板們，都是蜻蜓點水般，但是感覺出來他們在這裡的生活頗為愜意，什麼內戰，什麼羅興亞人遭到屠殺、滅絕，不僅不會出現在他們的話題裡面，也完全不會影響他們的生活。

岡田在言談之間有意無意提及印尼高鐵標案，最後為何對岸得標就是因為他們動用了龐大的資金給印尼政府，印尼政府不要花一毛錢就可以興建雅加達到泗水的高鐵。當然，場站的經營權以及沿路的開發權勢必優先給對岸的國營企業來經營，可能還有一些我們不清楚的交換條件，總而言之，檯面下應該已經談妥。

我沒有多言，只是微笑。因為這是預料中事。

隔天中午，換老楊找我吃飯。

吃完飯，還去附近按摩。

這裡的古式按摩，跟泰式按摩的手法有相同之處。

而且，中午聚餐的地點名為暹羅廣場（Siam Square）。暹羅是泰國的古名，泰國曾經統治過緬甸一段時間，沒想到泰國的企業已經都深入到緬甸仰光來進行投資，大型百貨公司及商場竟然是泰國經營的，老楊笑笑說，這其實是對岸參與投資的，泰國佔的股份恐怕沒有對岸多，他這一說，我才真的嚇了一跳，馬上岔開話題。

我說，你們印尼的高鐵案應該可以順利得標。

老楊笑笑，沒有什麼意外。他補充一句，「東瀛也很厲害，竟然拿到了雅加達市內的地鐵案，也不差啊。」

我沒有露出驚訝的表情，如果雅加達到泗水的高鐵案總工程款有一千億元人民幣，那麼雅加達的地鐵至少有三百億元吧！而且路權以及道路附近土地的開發權恐怕才是下一輪的爭奪戰目標，印尼政府也不笨，兩邊的投資案都拿到了，至於土地開發，雖然才是對岸與東瀛真正的目標，但並未能輕易得手。

我心裡有了底，就不想多問了。

趁著這次聚餐，應該打聽一下緬甸的狀況。

我假意問老楊，有沒有什麼需要幫忙的呢？

老楊比較聰明而且客套，事實上我們根本插不上手，但是老楊表面上會給我一點面子，他說，老兄，有需要幫忙的時候，一定叫上你。是的，這顯然是一句客套話，因為來了這麼多天，他只有今天叫上我，而且純粹是吃飯，還有按摩，今天顯然是他休息的空檔，只有老楊、小趙跟我三個人，說好聽一點，是自己人吃飯，說難聽一點，就是沒有公事要辦，應酬應酬我一下。

每天的雨，濕熱的雨，令人發愁。

〇〇七情報員沒有任何戰績可言，至少獵豔應該可以吧。

我去仰光市內一家Pub，這家Pub在網路上搜尋結果顯示有很多的妹妹可以挑選，是一家可以公然獵豔的好場所。

我打算吃完飯後再到仰光市區找尋這家知名的Pub。

沒想到下午稍稍停頓的雨勢晚上仍然沒有止息。

我用Grab App叫計程車前往市區，在Pub附近下車，仍然撐著雨傘。Grab只能標示大概的位置。

走在有點冷清的街道上，利用Google找尋具體而精確的位置。仰光已經不是首都，但畢竟曾經是首都，很難想像一個曾經是首都的城市如此破敗，尤其是在下雨的夜晚，連觀光客都懶得出門，何況是當地人呢？許多商店都已經休息了，只有一些娛樂場所霓虹燈繼續閃爍，在下著雨的熱帶城市顯得格外的淒冷。

我經過一大片廢棄的倉庫，整個騎樓的鋼筋曝露在水泥牆壁外面，好像是一場電影的布景，由於時間還早，Pub尚未營業，我只好到附近找一家已經營業的Pub，點了一瓶啤酒，自己默默在一個偏僻的角落喝酒。

一個年輕的男子走過來跟我搭訕，告訴我，等一下會有一群女生上台跳舞，只要我看中意就可以帶走，只要付給店裡一點手續費，至於價錢要自己跟女生談，我示意點點頭，但沒有動任何念頭。

我看了一下這家餐廳的裝潢與擺設，很快就確定這是對岸的商人開的，因為出現很多中文字，而且是簡體字，這是一個佔地大約有四百坪左右的頂樓，就位於這棟廢棄倉庫的頂樓，入口的電梯看不出來頂樓竟然如此寬敞而且設備堪稱豪華，但由於不少座位是露天，很容易淋雨，不知道這些豪華的沙發與桌椅是如何保養的，下雨天的時候看到都用帆布遮蓋起來，由於是下雨天，幾乎沒有客人，上台跳舞的女生非常少，大概只有六個，後來又陸續來了兩個人。典型東南亞的人種，不高，皮膚黝黑，以我們的審美觀來說，沒有任何吸引力。

我不知道對面的Pub會不會比較精彩，只有等時間到過去看才知道，對面的Pub根據網路上的描述要十點以後才會有很多妹妹可以挑選，而我吃飽飯到達仰光市區的時間是七點多。

雨斷斷續續地下著，我仍然繼續在那家對岸人開設的餐廳虛度時光。

蔚藍色的天空與尖塔

虛度時光這樣的事情對我來說並不少見。

但不一定是在東南亞雨林裡面的虛度時光。

也有可能是在沙漠裡面的虛度時光。

譬如杜拜的晚上，高溫到達四十度，到了半夜仍然高達三十八、三十九度，但對當地人來說已經算是比較涼爽的降溫，所以半夜的時候，廣場上面會有許多人出來乘涼。根據了解，他們的房子可能沒有冷氣，或者是吹冷氣太貴了。總而言之，有很多人會在半夜，攝氏三十八度的時候，在廣場上乘涼。

我購買了一張地鐵卡，從杜拜河的一端搭乘地鐵前往阿里法塔，世界第一高的阿里法塔，旁邊有藍色水舞，我跟郭處約在阿里法塔下的一家餐廳碰面，這家餐廳位於阿里法塔約五百公尺的距離，中間隔著一片藍色水舞，以景觀而言，隔著約五百公尺的距離，欣賞世界第一高塔，是一個比較適合的距離。

這位郭處便是魔都夏兄的部屬，後來似乎慢慢高升，離開了夏兄的辦公室，自己擔任領導了。總而言之，這些對岸的領導們，對於自己的名字極少透露，至於工作的單位，尤其是職稱，更是三緘其口，完全讓你摸不著頭緒。

這位郭處，感覺對於吃喝玩樂比較有興趣，對於談正事比較沒興趣，我跟他的聚會，都是我在談正事比較多，感覺好像是我在打聽對岸的消息，而這位郭處蠻厲害的，每次總能及時閃躲，讓我很難進一步追問，而且他也不會翻臉，反正只要不正面回答問題就好，我也拿他沒辦法。

杜拜的確是一個相當奇特的城市，我對於造訪杜拜這個城市覺得並無不妥，問題是郭處跟我約在杜拜見面是一件很奇怪的事情，我們從頭到尾也沒有認真談過一件正事，反而是我想要認真談一件正事的時候，經常被打斷，或者被技巧性地閃躲，因為技巧太好，我甚至也拉不回來原來的話題，這就是郭處高竿的地方，也是我不能及的地方。

我們坐在阿里法塔另一邊的百貨商場陽台上，每個人享用著一頓牛排西餐搭配紅酒，言談之間盡量言不及義，不要討論太嚴肅的話題，生活不但愜意且快活。

我仰望著阿里法塔，聳立在藍色的天空，天空沒有一片雲，純粹的藍佈滿整個天空，沒有一點點瑕疵。我看到一個黑點高速墜落，直到落入眼前水舞的藍色池水裡，激起一片水花，原本以為是一種表演，但是那個人高速墜落到水池後，並沒有動作，持續被水花激盪著，眼尖的女生看到後，發出了一聲長長的尖叫，更多人不清楚發生何事，所以仍然繼續著他們原本的動作，逛街的繼續逛街，吃飯的繼續吃飯，喝咖啡的繼續喝咖啡，聊天的繼續聊天。

郭處也是如此，他繼續享用著他的美食，跟他一起過來的有兩個人，一個應該是他的下屬，自然不敢有任何意見，另外一位應該是他的同事，陌生臉孔，他對於郭處的任務似乎沒有任何意見。

我們在魔都見面時，郭處便經常展露他對生活特殊的品味。

譬如說，他會經常帶我去一些小巷弄品嘗魔都的所謂私房菜，這些私房菜通常都開設在一些不顯眼的地方，可能要彎彎曲曲地繞過幾條小巷，才會到達一棟獨立的洋房，這棟洋房過去顯然是權貴之家，但是，已經轉型成為一棟古色古香的餐廳。

餐廳沒有菜單，完全是憑著主廚的心血來潮決定他要上的菜，但是你可以放心，每道餐點都會讓你回味無窮。

如果你一定要問我具體位置，我只能告訴你，大約是在法租界，這是我區辨魔都方位的一種方式。

是我熟悉的法租界，也是我最愛的法租界。因為馬路雖然不寬敞，但路旁都會有梧桐樹，我尤其喜歡秋天的時候，路過法租界，因為梧桐樹的落葉滿地，把車停在路邊，輕輕地走過街道，便會聽到梧桐樹的落葉發生沙沙聲，好像是一種低語，也像似一種獨白。

有些私房菜，在彎彎曲曲的小巷弄間，你以為走到死巷了，沒想到，就在你面前的那棟陳舊的木造房屋，有點破損並且歪斜的木造門，門把上還有銅銹，你打開門，才發現是一家餐廳，有木頭的樓梯，隨著客人的每個足印會發出依依的聲音，用餐的包廂幾乎都在那個看似破舊的木造房屋二樓，看似民房的格局裡面，角落都有一處可以讓你用餐及談心的私密處。

還有一處私房菜裡面，中庭有一座花園，外圍看似古老的公寓在街道旁邊排成一道偽裝的堡壘，有點暗示自己是貧民窟的味道，以便掩護在這些破舊公寓裡面，隱藏著一處亭台樓閣的咖啡屋與餐廳，而且這家亭台樓閣的餐廳還可以通往隔壁的咖啡屋，這裡比較像是外表偽裝成貧民窟，而核心是貴族宅邸的私房菜。

最後一個，也是最令我念念不忘的是，那一棟真正的私人宅邸，據說是清末北洋大臣李大人豢養小妾的場所。

就在法租界的邊邊角角上，有一棟獨立的花園洋房。名稱為丁香別墅，這裡除了大清帝國重臣小妾的情史外，還有不少民國聞人的風流韻事，就不多提了。郭處知道我對這個地方傾心已久，有一次未事先告知的情況下，就驅車前往，而且還早就預訂了包廂席次，頗讓我驚喜。

我不禁在席間就吟唱了戴望舒的雨巷。記得那首詩是這樣的：

撐著油紙傘，獨自
彷徨在悠長，悠長
又寂寥的雨巷，
我希望逢著
一個丁香一樣地
結著愁怨的姑娘。

她是有
丁香一樣的顏色，
丁香一樣的芬芳，

丁香一樣的憂愁，
在雨中哀怨，
哀怨又彷徨……

我不記得郭處後來說了什麼，也不記得那頓飯後來吃了什麼，因為我懶得動筷子，我只記得，我的心裡，反覆地吟唱著這首詩，久久無法忘懷，以致於郭處要離開時，我還想留下來……我想靜靜地自己一個人，點了一杯咖啡，靠著一處木造窗台，爬滿紫藤花的窗台，望著窗外的小雨飄落，手裡捧著張愛玲的傾城之戀，讀著、讀著，直到眼角泛起了淚光……

我們繼續輕鬆優閒的心情，以及一頓牛排午餐，有配菜及薯條，加上飲料，我點了一杯果汁，這一餐花費美金約八十元左右，再加上小費可能接近百元，這種消費額度在杜拜應該不算太過昂貴。不久，有警衛靠近那個墜落水池的人，然後，警車先到，救護車隨即停在附近，兩個救護人員將人抬到擔架上，並且送進救護車，救護車開走，警車離開，警衛也回到自己的崗位，一切都像是日常生活的場景一樣，其他人也都繼續逛街、用餐、喝咖啡、聊天等，好像在看一場表演，或者甚至沒有關注這一幕發生。

幾個月之後，我跟王兄一樣約在附近碰面，我提到這件事。

王兄若有所思地回答，那應該是伊朗的情報頭子，伊朗國家安全局的第二號人物莫罕默德，據說阿聯酋有意跟伊朗修好關係，甚至恢復貿易，莫罕默德造訪杜拜密商，此事引發以色列的不滿，深怕中東的阿拉伯世界恢復平靜，遜尼派不再跟什葉派為敵，刻意在杜拜狙殺莫罕默德，把責任丟給阿聯酋，製造伊朗與阿聯酋的對立、衝突與矛盾，此舉果然奏效，原本負責牽線的伊朗情報組織二號人物莫罕默德被暗殺，雙方的密商活動停止，原本的和平遠景止步於此，以色列的情報組織莫薩德居功厥偉，讓中東地區遜尼派與什葉派的烽火延續下去，永無寧日，這正是以色列最期待的結局。

我已經慢慢可以感覺到王兄介紹的人脈偏向軍方居多，上次在魔都會面的兩位體型挺直，坐姿端正，不太像一般的領導幹部，比一般的領導幹部更重視儀表，我便猜出應該是軍方人員。

這次來到杜拜的這位，是上次在魔都見面的那兩位其中的一位，我們租了一輛遊艇，開到近海遊走一圈，參觀著名的朱美拉棕梠島，那是貌似棕梠樹形狀的一片海浦新生地，主要是作為觀光旅館的聚集地，還有水上樂園的規劃。駕船行經此處的時候，只從平行的視角看不見棕梠樹，反而是從空中俯瞰會比較壯觀。當談到駕駛遊艇時，這位領導顯露出一種自信與不屑，他說這種遊艇太小了，他以前駕駛的軍艦噸位比這個大太多了，無意中透露出他曾在海軍服役的身分。

我並未繼續追問，怕引起他的不安及戒心，只是聊一些人工島的話題帶開，好像他沒有說過那句話，或者至少我們沒有專心聽一樣。

我後來經常在夢中夢到那個空中的黑點逐漸變得清晰，然後墜落到藍色的水舞水池裡面，仔細端詳那個面孔竟然是我自己。但是，更多的時候，我像一片羽毛一樣，被沙漠中的風暴吹起，無法自主、身不由己，一直被狂亂地吹動上下狂舞，沒有規則與方向，也沒有停止墜落的時候，但每逢接近陸地的時候，總有一陣狂風將我送往藍色的天空，漂浮在天空的時候，竟感覺不到自己的重量，只是一直飄盪、飄盪……

在仰光的那個下雨的熱帶夜晚，我最後終於走進那家昏暗但熱鬧的Pub，果不其然，裡面空間非常寬敞，前前後後大概有一百多位妹妹在那裡聊天、走動及陪客人喝酒、跳舞等，印象中如果你送一個妹妹一束花，他就會走過來坐在你身邊，陪你喝酒。你可以一直跟他喝酒，但大多數男客人沒多久後就會將那位坐在旁邊的妹妹帶出場。

我選的這位妹妹看起來非常乖巧，她依偎在我身邊一動也不動，好像黏住了一樣，她不愛喝酒，我跟她說等一下要帶她去旅館，她點點頭，表情有點害羞。她順勢靠在我懷裡，燈光昏暗中，我伸出手探進她的懷中，撫摸她，被撫摸後她更害羞了，她閉上眼睛，整個人抱住我，不敢看外面，將頭埋在我懷裡，任由我抱住她及撫摸她的身體。

我們走出Pub的時候，外面漆黑的天空仍然繼續下著雨，彷佛這場雨將無止盡地下著，無邊無際地下著，從仰光一直下到曼德勒，我最終是沒有前往曼德勒，畢竟路程太遠了。

我把自己放進她裡面，感覺自己像是一條蟲，躲在雨夜裡面，捲曲在她裡面的一條蟲，不是羞怯，而是自卑，沒有男性陽剛的自信，沒有猛力的抽送，只是尋求一種安全感似的將自己放進她裡面，就像蠶爬進去蛹裡面。像是一個濕熱的甬道，在雨夜的清冷中，令人感受到一絲溫暖，一種類似家的感覺。

她輕輕地用手抱住我，似乎很滿意這樣的姿勢，因為不會讓她疼痛，他說有些洋人的陽具很大，會弄得她很疼，所以她喜歡小一點的，像我這樣，她可能沒有想到這樣會傷害到我的自尊，但此刻，聽起來更像是一種讚美。

旅館房間的燈光相較於Pub更明亮些，她洗完澡，從浴室出來的時候，我才發現她年紀真的很小，大約只有十八歲，她說自己從北方來，給我看手機照片的時候，我發現她戴著頭巾，應該是穆斯林，她點點頭。

我猜想，「不會是羅興亞人吧？」

我沒有多問，因為窗外的雨一直下著，延續著一種淡淡的哀愁。這種氛圍，連做愛都感覺到一絲悲哀。

她繼續羞怯地抱著我。

我讓她背對著我，我從後面抱住她，我說這樣感覺比較有安全感，其實，我是不想讓她看到我眼中的淚不自覺地流下來的淚痕。

妹妹沒有等跟我一起吃早餐就離開了。

我還是獨自一人吃著早餐。

昨晚我便一直從後面抱著她入睡。

吃完早餐後，我走到附近的佛寺逛逛，街道兩旁有許多攤位賣著鮮花，應該是賣給參拜佛寺的信徒，讓他們攜帶前往佛寺禮佛使用。

街道有時候感覺有點冷清，雖然以前是首都，仰光開車的人並不多，有輛機車感覺已經是很拉風，跟島嶼五十年前的景象很接近。

我從微信裡面搜尋附近的人，找到一個女生願意帶我去逛博物館，我希望今天至少會是一個像觀光客的一天，如果不能扮演外交官或者情報員的話。

博物館展示了緬甸過去的歷史，雖然有點簡陋，但古文物的陳列倒是必須的，她是一名年輕的女子，目前正在新加坡大學就讀，暑假期間回到仰光，她很樂意擔任我的地陪，這個女生的英語頗為流利，在當地算是受比較良好教育的年輕人。

逛完博物館後，我們前往Knadawgyi Lake旁邊的一家餐廳用餐，這是一家相當高檔的餐廳。這個湖在仰光市區，附近有翁山將軍的紀念館，餐廳裡面布置典雅，有些當地民俗的木雕，餐廳裡面隨處可見擺設當季的鮮花，用餐的地點每桌都有一個獨立的包廂，這個包廂的採光非常好，窗戶可以直接目視外面的庭園造景，遠處便是湖水及旁邊的樹形成的倒影，我後來才從她的口中得知這家餐廳是國家授權經營的，因為必須取得土地的使用權，那些人能夠取得土地使用權大概可以猜想得知。

因為當天晚上的宴會便在湖的另外一側餐廳舉行，主人是緬甸軍方的一個將領，被邀請的來賓包括岡田輔佐官及老楊，我跟小趙都是陪客，將軍甚至可能把我當做是老楊的幕僚。

直到晚宴的時候，我才知道對岸與東瀛都有意協助中南半島國家開發湄公河的水利，也就是興建水庫以及灌溉系統，這是一個龐大的工程，與其說是他們兩個國家無法任由一個國家獨力完成，不如說是利益必須均霑。

我在宴席間特別提到島嶼的水利及灌溉工程特別發達，那位將軍貌似將島嶼歸屬於對岸所管轄，我只好特別提到島嶼的水利灌溉工程其實源自東瀛的殖民時期，將軍面露一點疑惑，可能印象有點被我扭轉過來，但是對他而言，對岸及東瀛，只要任何一方願意協助興建水利及灌溉系統，他們都歡迎，將軍雖然面露一點疑惑之色，卻沒有提出任何問題，他的旁邊有位女祕書記下在宴席之間所談論的一切，希望她能夠分辨這些差別。

隔天我搭乘預先買好的火車票北上，本來想要前往曼德勒，但旅程實在太遠了，耗費可能要十一個小時的時間，我只好買了一張火車票，選擇近一點的車站作為目的地。

這個地方就是勃固。

出發的地點是仰光火車站，我猜應該是英國人於殖民時期興建，具有歐洲古典主義的風格，車站有點老舊，而且髒亂，與其說是髒亂，倒不如說是沒有格外維持整潔，不像現代化的車站一樣有人管理，時時維持清潔，因為車站嚴格來說並沒有特別髒亂。

我拿出車票，進入一個陳設老舊的剪票口，鐵欄杆生鏽腐蝕的很嚴重，我要說的感覺就是這樣，陳舊而經歷長時間沒有更新的感覺，所以生鏽腐蝕，任由其如此而不加以理會，所謂的髒亂也是如此，並沒有特別的髒亂，但是感覺也沒有人負責時時加以打掃，維持清潔，可是要說地面有多麼髒亂，也看不出來。

我走上樓梯，這裡不會有手扶梯，不像仰光市區高級的百貨公司裡面的手扶梯，也不會有電梯。走過一個水泥建築封閉式的天橋，到達另外一個月台，走下樓梯，到達月台，這個月台的火車是開往曼德勒，可惜，我只能在勃固就下車，月台上面的水泥感覺也很久沒有翻新，坑坑洞洞，無人理會的心情，月台上面的梁柱以及屋頂也是，梁柱斑駁的痕跡，屋頂久未翻新出現的鏽斑以及角落的許多蜘蛛網都將時間凝固封鎖於過去，可能五十年前，也就是半個世紀的狀態，甚至更遠，遠到二次大戰前，英國人殖民，尚未撤離的狀態。

我又想起那個羅興亞女孩小巧的乳房，握在我掌心的感覺。

我回憶起從身後抱著她的裸體，我流下的淚珠，以及萎縮成一條蟲的自己，好像緬甸文那樣的小蟲，我在書店裡面買了一本緬甸文的童話，上面的文字就像是一條條的小蟲，像是一條條的蚯蚓，卷曲成圖案，我無法閱讀的文字，只能欣賞的圖案。

火車開始行駛出市區，速度非常慢，車廂裡面只有隨時在晃動的木頭椅子，可能是螺絲已經無法鎖緊，他們幾乎隨時都在晃動，車廂像車站、月台一樣的陳舊，沒有玻璃的窗戶，或者更精確地來說，是淡綠色木框的玻璃窗，但是有些玻璃已經消失，有些雖有玻璃但無法關上，只能稍微晃動兩下，玻璃上面積滿了汙垢。車廂內可以直接吸到外面的空氣，感受到外面的雨滴，聞到田野的香味，以及糞便的氣息，都在車廂裡面可以聞到，車廂在田野裡面無所遁形。

火車行駛的鐵軌幾乎面對都是住家的後院，仰光城內還有一些相對現代的建築，譬如水泥興建的平房，甚至樓房，城市的天際線上面有幾棟大樓，可能是百貨公司，或者是辦公大樓，但數量並不多。

火車離開仰光市區後，很難再看到水泥的平房，比較常見的是在田野間搭設的茅草屋，面對著鐵軌，用竹子架設起來的底座應該是為了避免氾濫，所以架高，至少可以避免水患，至於屋頂也是茅草屋頂。鋪設了看起來是用木頭做支架或者木屑做成的合板、簡單架設起來的茅草屋到處都是，成本應該很低，勉強有立足之地，防止水患氾濫，或許可以遮擋一點風雨。

每當經過一處火車站時，可以看見車站附近聚集比較多現代建築，水泥興建的，甚至偶而可以看到兩層樓的建築，鐵軌旁邊經常曝曬著衣服、棉被等，可能是因為好不容易出現的好天氣。

我搭火車到了勃固。

勃固曾經是一個小王國，緬甸在英國殖民前存在五百多個這樣的小王國。

由於信仰小乘佛教，這裡也存在一些浮屠，也就是國王預定身後成佛，事先興建的佛塔，只是這個小王國可能比較窮，沒有仰光市內的那些佛塔金碧輝煌，而是呈顯出一種磚紅色的感覺。

到達勃固後，開始下起大雨。

這種熱帶的雨具有降溫的作用，並且可以讓周圍的空氣感覺比較清新。

車站內有月台，月台上擠滿了人，這裡的火車班次不多，我下車後發現，搭乘回仰光的火車將停在我剛剛下車的月台，我大概有三個小時左右可以在附近閒逛，我走出車站，看看附近的市街，其實只有一個十字路口，以及路口附近僅有的房子，房子的數量很少，大約只有十幾棟。

車站附近有計程車可以載觀光客前往參觀佛塔，這原本是我的計畫，可惜，下起大雨，我如果要前往參觀佛塔，大概就是準備淋成落湯雞。

我回到月台上，月台上依然擠滿了人。

大家都在等待今天回仰光的最後一班火車，上午在我到達之前有另外一班火車，是今天到仰光唯二的兩班火車，我在仰光的時候，時常感受到時間被凝固在英國殖民的二戰前，而在勃固，我覺得時間被凝固的狀態應該更久，至少超過一百年，或許是十九世紀吧！

由於空位不多，我被迫擠到最後一個車廂的空位，這個車廂很特別，它是一個可以搭載牲畜的車廂，只要乘客購買車票，雞鴨豬羊都可以搭載，還有專屬空間，被一個護欄圈住，我就坐在不遠處的靠近最後一排座位的倒數第二排座位，我可以聞到雞或豬的味道，那是我小時候熟悉的味道，我在農村長大，曾經跟雞一起生活，曾經餵養過豬圈裡面的豬。據我母親表示，我小時候甚至吃過雞屎，還掉進豬圈裡面，還好沒有被豬的利牙所傷。

回程的路上，我的座位旁邊坐了一個身高一百八十公分以上的棕髮男子，鼻子高挺，長相卻有一點秀氣，我之所以跟他搭訕的原因是旅途有點無趣，因為回程的景觀與去程大同小異，如果有不同的話，就是多了一些雞鴨同車，還有一頭小豬，以及我旁邊這位年輕的棕髮男子。

我告訴他，我在NSC工作，他對於我的工作頗感興趣，出乎我意料之外，因為一般在國外遇到的人，很少對於這個話題感興趣，由於是陌生人，而且是一個德國人，我並沒有避諱談到我的工作，沒想到，隔年，他竟然真的跑到島嶼的首都要跟我碰面，也是我始料所不及。

細談之下，才知道他在大學的專業是研究國際關係，這也難怪他會感興趣，我詢問他到緬甸旅遊的目的，他說想要了解更多有關於東南亞的風土人情，他覺得這會對他未來的工作有幫助，我不禁好奇問他原因，他說出了一個頗有見地的觀點，他認為未來全世界經濟最有發展潛力的國家就在亞洲，嚴格來說是東南亞地區，尤其是東南亞區域經濟合作組織已經準備成立了，身為一個德國人，他不能漠視這件事情。

他的說法，其實有點讓我大開眼界。

我們一路閒聊，旅程並不孤單，當我知道他是研究國際關係的學生時，我開始講話對他有更多的保留，不過，這位青年倒是見多識廣，年紀輕輕已經利用寒暑假去過很多國家，難怪德國可以成為歐盟的領導國，原來他們的年輕人透過旅行及自主學習，可以如此訓練並且具備這樣的國際觀。

這趟火車之旅，蜿蜒曲折，令我想起陪我去逛博物館的緬甸年輕女子Kharisma，她那天下午又陪我參觀翁山將軍紀念館。

我問她，翁山將軍是不是一個很偉大的人物，她點點頭，我又問，那麼她的女兒翁山蘇姬應該也是吧！她也點點頭。示意相當肯定，但是她點頭同意的強烈程度並沒有到達這個國家有了這兩位偉人就什麼問題可以迎刃而解的程度。

閱讀緬甸的歷史，可以理解翁山將軍為了爭取緬甸的獨立，周旋在英國與日本之間，為了脫離英國的殖民統治，他必須借助另外一個帝國日本的力量，當新的帝國日本企圖控制緬甸，他又試圖尋求英國的力量來對抗。所以，在英國與日本的眼中，翁山將軍並不具忠誠度，問題是緬甸人尋求的是自己的獨立，而不是淪為某個帝國統治的附庸。

緬甸終於脫離帝國統治而獨立，但是，緬甸並沒有脫離貧窮。

我問Kharisma有什麼打算，他是新加坡大學的高材生，他只是暑假回到緬甸，開學後就會回到新加坡大學，他攻讀的專業是企業經營與管理，我告訴她，企業管理仍然分為不同的部門，人事管理、行銷管理、生產管理、財務管理及資訊管理等，她要選擇那個專業呢？

她告訴我要選擇財務管理。

我覺得留在新加坡工作應該是比較好的選擇。

她微笑點頭稱是的熱烈程度，絕對大過於對翁山將軍與翁山蘇姬的程度，這兩位偉人並沒有帶緬甸脫離貧窮，但是Kharisma個人及她的家族想要脫離貧窮，事實上，她的父母已經在新加坡工作，她以後也會留在新加坡工作，她只是暑假期間回來探望並陪伴她的祖父母，如果以後條件許可，她會將祖父母也接到新加坡一起生活。

那一天，離開翁山將軍紀念館，結束的時候，Kharisma要搭計程車回家，我問她可不可以陪她搭計程車回家，因為我想看看她的家，她答應了。計程車繞過幾乎半個仰光市，有較為繁華的街區，百貨公司及商店街，但隨即一閃而逝，有一些較為高級的住宅及公寓，但並不多見，多數的市民住在水泥平房，已經算是不錯的居住條件。還有更多的是比較破敗而且相對窮困的住宅區。陳舊的住宅及坑坑洞洞的道路，匱乏的公共設施，狹窄缺乏規劃的道路，整個市區能夠看到比較像樣的道路屈指可數，進入住宅區後，往往都是一些彎彎曲曲的小路，Kharisma解釋說，如果採直線距離其實不遠，可是因為小路彎彎曲曲，就變得很遠。

不久，她的家到了。

我示意計程車不要開進去，因為這是死巷子，開進去很難出來，只能倒車，我看著她的背影，看著她居住的平房，略新但不算豪華的平房，大概可以猜測出來，她的家庭背景屬於中產階級，有能力前往國外工作，尋求更好的發展，但是在國內缺乏特權保護或者特許的中產階級，在開發中國家，尤其缺乏民主體制的開發中國家，經常面臨這樣的抉擇。

那天晚上，一位緬甸軍政府的將軍以晚宴款待我們，事實上，這位將軍過去就是翁山將軍的麾下，緬甸軍政府這些將軍沒有一個不是翁山將軍昔日的麾下，他們不敢也不願殺害翁山蘇姬，並非他們沒有能力，更不是沒有權力，而是翁山蘇姬是從小他們看著長大，翁山蘇姬掌權不久，他們後續的將軍們重新奪回政權，他們依然沒有殺害翁山蘇姬，翁山蘇姬如同過去一樣被軟禁，就像緬甸這個國家依然被凝固在過去的時間一樣。

內戰重啟，迫害羅興亞人的行動持續沒有停止。

翁山將軍跟將軍的女兒翁山蘇姬無法解決的另外一個問題，緬甸獨立的那一天，這個國家馬上陷入四分五裂，因為英國殖民前緬甸本來就存在著五百多個王國，互相並不隸屬，而且在歷史上經常互相攻伐。

Kharisma也很無奈地說到，翁山將軍無法阻止這些地方想要獨立，將軍的女兒也無法阻止。而且將軍的女兒無法採取軍事行動去鎮壓，想要和平解決，結果反而讓事情持續惡化，最後軍人再度起來造反，內戰當然持續對抗。

Kharisma口中的那些地方，儼然並不是她心目中的緬甸自我，而是不屬於緬甸的他者。她說這句話的時候，其實就意謂著他們想要脫離緬甸就脫離吧，但這場戰爭終究是無法避免的。

我將她送到家後，沿著原路回來，同樣的街景重複了一次，很像是錄影帶倒轉一樣，速度也沒有增加，其實那位將軍晚宴款待的豪華餐廳就在湖邊，而翁山將軍紀念館也在湖邊，從翁山將軍紀念館走到湖邊餐廳只要十分鐘，我請Kharisma用緬甸語告訴司機開回紀念館就可以了。司機果然照原路開回去，一直回到原點為止。我下車後，循著Google Map慢慢走向那家餐廳，剛好城市已經沉浸在夜色中，而湖邊的燈光造景映照在湖面，不但充滿了浪漫的氣息，也讓人誤以為自己是身在歐洲的某個湖畔，而耳邊響起的音樂應該是莫札特的弦樂小夜曲。

尖閣群島的波浪

認真講起來，雖然我們跟東瀛之間建立了高層溝通渠道，但是，到底發揮了什麼作用？我也說不上來，對岸雖然對這件事情不太滿意，但是，由於缺乏實際的效益，所以，久而久之，他們也感覺到痲痺。反而，每次談到這個話題，都有一點半開玩笑地說，你們那個高層對話渠道都在對話些什麼啊？言下之意，其實是有點乏善可陳的。

這樣繼續平淡下去，恐怕連大老板都會感到不耐煩。

直到有一天，尖閣群島國有化的議題突然浮上檯面，感覺平靜的海面突然之間狂風大作，烏雲密布，正所謂「山雨欲來風滿樓」，一場狂風暴雨難以避免要侵襲這片海域。

東瀛不知道對岸的反應會這麼激烈，我們也料想不到對岸的反應會這麼激烈，那個小島的主權問題不是已經吵很久了嗎？

對岸不久便把軍艦開到小島附近，東瀛的海上保安廳也出動巡邏艇，然後，自衛隊的軍艦在附近護航，我們也不甘示弱，海巡的巡邏艇跑去湊熱鬧，拉法葉艦也在附近保護我們的漁船，三方都劍拔弩張，一付準備幹架的樣子，ＡＩＴ甚至打電話來問，你們到底在幹嘛？為什麼跑去湊熱鬧？我們只能回答那是大老板的意思，所以海巡署的巡邏艇跟拉法葉艦一起出動了！

我很快地便收到岡田輔佐官的信函，他想要了解我方的真正意圖。

然後，幾乎在同一天，老楊也寫電子郵件給我，希望我能夠去魔都見面談談。

我跟老板報告這件事，老板的回答只有一個，這是大老板的意思，他心意已決，連美洲大哥出面都沒用，這一次大老板好像突然有Guts，沒有人敢講話，示意我不要多生事端。

我問，那我是去還是不去？

老板有點不耐煩，說這點小事不要問我，自己決定，不要亂講話就對了。

我買了隔天機票飛往魔都，當天晚上就跟老楊小趙見面。

他們聽了我的解釋後十分開心，老楊馬上打電話給中南海。

小趙問，要不要去按摩一下，旅途勞頓很辛苦。

我說，隔天還要趕早班飛機回去，還是早點休息比較好。

二人也不強留，喜孜孜地送我回酒店。

三天後，我登上拉法葉艦，護送海巡署巡邏艇前往爭議小島，東瀛與對岸的船艦早已在當地海域對峙，氣氛非常緊張，我們接到的命令護衛主權，可是，這種情況下，如何護衛主權呢？大家都說不準。

東瀛的海上保安廳用強力水柱噴向對岸的巡邏艇，我方的海巡署巡邏艇也遭到波及，拉法葉艦艦長問我「怎麼辦呢？」

我說，「不要衝動！聽候命令，沒有進一步的指令，就不要行動。」

其實艦長也搞不清楚，是不是護衛主權就可以行動，還是要等進一步的命令。總而言之，我必須先控制住場面。海軍作戰指揮中心也無人敢下命令。

大老板在辦公室坐鎮，據說曾經要求拉法葉艦介入，但被幕僚勸阻，因此，軍方的作戰體系沒有任何動作，只有海巡署巡邏艇持續在現場跟東瀛周旋，由於現場的氣氛很像我們與對岸合作，共同對抗東瀛，所以部分媒體也如此炒作，府方並未否認，我們也只能這樣默認。

岡田輔佐官晚上打電話給我，表示希望在沖繩見一面，我才知道他人在沖繩，顯然他們感覺事態很嚴重，可是在我看來，像是一場兒戲。

我立即向老板回報，老板在電話中突然笑出聲來，他說大老板這樣誤打誤撞，連美洲老大哥都很緊張，AIT致電要求面見，大老板竟然不見，美洲老大哥一直主張我們不要去淌這趟渾水，但大老板置之不理。東瀛眼見透過美洲老大哥施壓沒用，這下子真的急了！交流協會聯絡官一天之內連續打了三通電話過來，想要搞清楚大老板的意圖為何？是否要跟對岸合作，問題是我們真的不知道大老板到底想幹嘛？所以只能回答不知道，這下子東瀛方面更急了，岡田才會打電話給我，要求會面，我也只能馬上訂機票隔天飛去那霸。

面對岡田輔佐官，我也只能據實以告。

我說的都是實話，或許就是因為說得都是實話，連岡田都有點急了。

他表示，會親自跟首相報告這件事情。

我也表示理解，隔天便匆匆忙忙搭飛機回島嶼，連旅遊的時間都沒有，只順手在機場買了一些黑糖糕給家人。可是，黑糖糕不是澎湖就有了嗎？我怕我買回去會挨罵，沒想到家人根本不知道我去沖繩出差，他們還以為我是去澎湖，然後看到包裝又說，澎湖賣的黑糖糕原來是從沖繩進口的，我也懶得去解釋了。

我回來後，向老板報告。

老板覺得，東瀛方面急了，這是很少見的。先靜觀其變吧！

其實，這幾天東瀛跟對岸關係變差，有很人的原因是美洲老大哥在背後策動吧！老大哥突然發現在西太平洋有人試圖取代它的位置，感覺芒刺在背，不是滋味。老大哥自從曼哈頓雙子星大廈遭受自殺式攻擊後，在全球搞反恐戰爭，對岸非常積極配合，取得老大哥的信任，還成為全球戰略夥伴。沒想到，老大哥忙著捉恐怖分子賓拉登，對岸忙著壯大自己。等到賓拉登終於被槍決了，老大哥回頭一看，對岸儼然成為西太平洋老大，這才要回頭收拾這個後起之秀，東瀛跟對岸的關係變差，不無這個脈絡下的因素在作祟吧。

果不其然，岡田輔佐官隔了兩天就電話告知，希望召開我們跟東瀛的漁業會談，漁業會談以往都是我方主動要求召開，而且談了十一次東瀛方面始終以保護沖繩漁民的權益為理由，沒有讓步，沒想到，這次主動要求召開，並且顯然會有讓步的跡象。

岡田的電話通知是私下的，不代表政府立場，東瀛方面透過交流協會主動聯繫是隔週的事情，我的老板早就向大老板報告過了。

這件事情嚴格來說並沒有讓我們得到小島的主權，所以大老板不是很滿意，甚至有點興趣缺缺，我的老板覺得大老板的野心太大了，沒有認清國際現實，但不好意思直說。他委婉地建議，為了漁民權益，應該同意跟東瀛召開漁業會談，人老板便將此事交給我的老板督導，我們也通知漁業署準備談判資料。

談判的結果大家都知道了，東瀛方面果然作出讓步，但這個讓步沒有形諸文字，只有口頭承諾。這是最詐的一步，所以我的老板不太敢當面跟大老板報告細節，雖然媒體大幅報導好像我方在漁業會談上有重要成果，但也有人認為那是用主權換來的漁權，而且沒有任何文字保障。也有人自嘲說形諸文字也可能最後對方不認帳，但是能夠形諸文字總是在國際法上面比較具備效力。

總而言之，這件事情我們貌似風光地結束漁業談判。

但是，對岸卻對我們頗有微詞。

老楊便認為他們被利用了，我們背叛了他們。

我們與東瀛新擬定通過的漁業協議，適用範圍為七點四萬平方公里，漁民增加的捕撈範圍約為四千五百平方公里。算是外交上的一大突破。

但是，這些成果很快地就在歷史中被人們淡忘了。

而對岸的那些涉台單位每次碰面還是不免把遭到我們背叛當做話題來嘲笑這次漁業談判的成果。

政黨輪替後，政權更替，更是不會有人去提到這些成果。

由於新的政權與對岸的關係不斷惡化，所以雙邊關係的惡化有說不完的藉口，這個藉口也不是特別重要的。

至於我們跟東瀛的關係，則是在美洲老大哥的極力撮合下，不斷強化，那些所謂漁業談判的成果，也顯得微不足道。

散步在街道直到燈亮了

政黨輪替後，我還是經常造訪魔都，但是，每來一次就感受到關係惡化的程度加深。我跟王兄的關係隨著我對他的認識而不同，也隨著兩邊關係的惡化而不同。一開始我以為他只是一名知名大學的研究人員，沒想到事情並沒有我想像的那麼簡單。

對於跟我培養交情這件事情，我覺得他是非常有耐心的。如果用追女朋友來形容，那是絕對不為過的，但是他既沒有斷袖之癖，而我對於同性戀也沒有任何興趣。

我每次造訪魔都，幾乎很難不去訪問王兄。自從我被他邀請擔任那所大學國際關係研究中心的客座研究員之後，每一年至少都會前往該校參加中心舉行的論文研討會。

除了參加中心的研討會之外，王兄也都很熱情地邀請我前往「祖國」的名川勝景遊覽，首先當然是從魔都開始，其次我們就會開始前往其他省分，這樣幾年下來，我們去過的省份及觀光名勝地區倒是不少。

印象最深刻的大概有，蘇州的園林，體會江南園林之美，除了四大名園之外，還有貝聿銘設計的蘇州博物館建築之美，我們也曾去過河南安陽的文字博物館，了解中文文字的起源及流變，造訪曲阜孔廟，領略一下引領華夏文化的儒家先師，不知凡幾。

政黨輪替後，兩邊的關係持續惡化，經常往來兩岸的人容易被扣上匪諜的罪名。我們後來很少在魔都見面，反而在海外見面的機會較多。

有一個地方，我想都沒想過，如果有想到，也一定是去度蜜月或者度假，絕對不會是去跟王兄見面。

那個地方就是位於印度洋的度假勝地馬爾地夫。

這趟旅程的航班有點繁瑣，我先是飛到首爾轉機，接著飛機飛到斯里蘭卡的首都可倫坡，再從可倫坡飛往馬爾地夫的首府馬累。

首爾機場我並不陌生，非常寬敞的現代建築，有兩個航廈，航廈之間有電車可以聯繫。南韓的空姐都長得十分高挑，大概是朝鮮族的遺傳基因。但是體格也相對壯碩。

我搭乘大韓航空的飛機前往可倫坡轉機，可倫坡的機場很小，有點像是島嶼離島的機場，候機室感覺只能停留一百多個旅客。在可倫坡停留兩個多小時後，終於要前往傳說中的馬爾地夫。

馬爾地夫是由許多小島所構成，散佈的範圍很廣。

如果我迷途在海上，自己也不會覺得太驚訝，因為散落在各處的島嶼，令人迷失方向。

有些島嶼排列的形狀像是一個珍珠耳環，一串珍珠中間圍繞著一個美人的脖子。

有些島嶼的分布像是兩個名人賽的棋士，刻意擺放的位置，採取距離，但又互不隸屬，看似遠離，其實互相奧援，玄妙之處，難以猜測，待得悟透，已被包圍，只能棄子投降。

有些島嶼的分布像是一束鮮花，用細點素描快寫，點狀的分布一開始難以辨認形狀，待得把點連接後才發現是一條條的線，並且連接成一束鮮花，花的香味突然間從鼻孔傳出，島嶼間的線竟然出現了顏色，而中間原本藍色的海洋，被其他顏色所取代，仔細一看，原來是梵谷藍色的鳶尾花。

我被這眾多島嶼排列的圖案所炫惑，竟致不願到達目的地，即使到達目的地也不願下飛機。飛抵馬累附近的天空時，只見灰濛濛一片，竟然失去了光彩，完全沒有馬爾地夫的多彩多姿。

如果這是星辰羅布，那麼馬累就如同星雲中間的一個黑洞，把所有物質吸納過來，卻沒有任何星光閃耀，沒有任何色彩，沒有任何光芒，只有漆黑一片。

王兄選擇在馬累見面果然奇特，好像我們都是被黑洞吸引過來一樣，無法控制自己，無法控制自己的方向，也無法控制自己命運的星光。

印度洋，一向是被印度視為內海。是印度的勢力範圍。

而馬爾地夫雖然是獨立的國家，實質上如同印度的藩屬一樣，需要印度的保護，叛亂的時候竟然需要印度派軍平定。

我們約在馬累的一家咖啡館見面，這真的是一個特別的見面方式，也是一個特別見面的地方。

印度守護自己的內海印度洋，號稱擁有兩艘航母，但是，其中一艘是向英國租借的，另外一艘是拼裝船。因為印度維持不結盟主義，所以，冷戰時期，他向蘇聯買武器，也向所謂的自由世界買武器，導致印度的武器族系複雜，甚至分別屬於敵對國家。這樣不但使得武器輸出國不敢把高性能武器出售給他們，也導致後勤補給尤其是維修的困難度大增，因為武器系統複雜造成。

我突然想起印度在遭受英國殖民前有兩百五十幾個王國，也是呈現地方王國林立的局面。

開會之餘，我走在馬累的街頭，漫長的步行，幾乎走遍了馬累的所有大街小巷，我蠻喜歡馬累給人的感覺，樸實無華，真實的生活，人們不會對生活有過多的祈求與盼望。

那些散布在四周的離島，高價的離島酒店，甚至儼然獨立王國的五星級甚至六星級度假酒店，其實就像是不切實際的殖民地，寄生在這個母親身上，等待母親的滋養，因為，看似自在美麗的離島，其實是如此孤苦無依，只要狂風巨浪侵襲，就可以摧毀家園，摧毀那些昂貴的平靜與繁華，那些無人的沙灘，那些美麗到近乎夢幻的海岸。

Diego Garcia是一個英屬群島，看似名不見經傳，但是，地位非常重要，因為他是衛戍印度洋的美國航母戰鬥群在印度洋的後勤補給基地。

馬爾地夫恰恰好就是位於Diego Garcia與印度之間。

喵是我在大理旅遊的時候認識的。

有些城市，似乎天生適合旅遊，大理就是其中一個城市。

走在大理的街上，走在大理的荒野，你的腳步都會不自覺慢下來。

大理就是這樣一座城市。

但是，大理並不適合久居，他只適合旅途，止是因為你並非久居，所以大理的一景一物令你嘆息，正是因為沒有久居，你走過的大理古城，每一塊磚，你看過的每一片瓦，你住過的每一間客棧，都讓你流連忘返。

你們在雙廊相遇，那便注定是一生的緣分，但只有這一次，便足夠讓你珍惜，只有這一次，便讓你永生無法忘記。

我跟貓鬚便是在雙廊相遇。
一次相遇，就足夠讓你一生永難忘懷。
你如果問我為什麼，我也回答不出來，我也不知道為什麼。
平常我都稱呼她為喵。
我跟喵見面的次數並不多。
她住在廣州越秀區，我每次經過廣州時都會跟她打招呼，她並不一定跟我見面，她像貓一樣，夜晚時才出沒，然後，行蹤不定，若即若離。
我這次到馬爾地夫，事前告訴她，並且約定在馬累相遇，她以為我在開玩笑，其實我本來也是在開玩笑，後來，她當真了，我也當真了。
跟王兄見面後，我約喵見面，順便逛逛馬累市區。她問我為何不去離島？我說，我沒興趣，我不是來觀光。
她覺得我很可笑，不是來觀光，幹嘛來馬爾地夫呢？
我無法告知她我跟誰見面，我只能說，我是來出差的，來馬爾地夫出差？許多人應該都不信。
就像我說，我跟一個女子在馬爾地夫共度夜晚，同睡一張床，但我們沒有做愛，很多人都不會相信，但是我們確實沒有做愛，唯一的一次也不是在馬爾地夫。
這裡的海很藍，藍到跟藍寶石一樣藍，但是並不會讓你感覺憂鬱。
我們坐在遊艇碼頭旁邊，看著海，這裡有很多遊艇，每一輛遊艇都通往離島，也就是度假的小島，她每看到一艘就問我可不可以登船，我每一次都說不可以，來不及明天搭飛機回國。

她又問我，那你來馬爾地夫幹什麼？

我說，我覺得我在馬爾地夫的時候，會想你，所以我就邀你來了。

她笑了，笑得很開心，笑得很燦爛。

我說的是真心話。

她說，那我們就在這裡逛一逛就好。

她又問，你說，這裡叫做什麼名字？

我回答，馬累。

她突然之間開心地說，我覺得這裡比所有的離島都美。

我們兩個就開始走路，並幾乎把整個小島逛遍了。

其實，我也覺得，有她在的時候，這裡比馬爾地夫所有的小島都美。

貓鬚長得不是特別美，她個子不高，膚色有點黑。

我承認，她對審美有獨到的見解。

譬如她每次拍照取景，總能找到我意想不到的場景。而我已經自認為是一個很會取景的攝影師，卻不得不對她取景的角度感到折服。

貓鬚的教育程度不高，她承認自己小時候失學，但是，她對事物有獨特的品味，這一點也是無法否認的。

我們沿著馬累的街道不斷地行走，首先到達一個廣場，廣場臨靠著各式各樣的渡輪，這個廣場上面佈滿了鴿子，他們不會害怕人。相反地，他們非常喜歡靠近人，我猜想，那是因為遊客總是會提供食物給他們，由於它們不斷地聚集，有時候我們得驅趕他們一下，讓他們不要過於靠近。

有時候鴿子的確像和平一樣，因為來得太容易，所以我們甚至覺得他們很煩，黏得太緊，進而驅趕他們，以致於當他們離開我們的時候，我們才開始懷念他們，甚至感到珍惜，可惜，通常那個時候，遺憾都已經鑄成。

在島的另一端，正在興建一棟高級住宅大樓，是香港建築商來開發的，我們進去參觀了一下。旁邊正好有一個幼稚園的小朋友在沙灘上嬉戲，他們天真無邪的笑容，讓夕陽看起來更美了。

我們沿著街道巷弄亂走，偶然間會在小巷內發現手工藝的工作室，一個年輕的工匠正在皮革上面雕畫並且著色，他不介意我們參觀，事實上，這些工作室基本上都是開放的，遊客可以自由進出，同時購買他們的手工藝品。

回程路上，我們還看到一家蜜餞店，裡面的產品琳瑯滿目，讓人可以滿足所有對於蜜餞的想像，室內的陳設基本色調是鵝黃色，不知道為什麼，在燈光的照耀下，鵝黃色的燈光讓蜜餞看起來更加爽口，我們忍不住買了幾樣回去品嘗。

我們在住宿的旅館用完晚餐，再度到附近閒逛散步，馬累的夜晚十分涼爽，可能是海洋調節氣溫的關係，走路到一半時，竟然下起雨來了，我們就趕緊跑回旅館，還是淋到一些雨，身上濕了，既然如此，回到房間裡面，就洗澡吧！

我先去洗澡，接著換他，洗完澡後，我們身上都只剩輕便的衣物，因為這裡是馬爾地夫，基本上是夏天的氣溫，我們兩個都躺在床上，我靠過去，輕柔地把她的身體壓在我的身體下面，然後吻了她的嘴唇一下，她沒有拒絕。我直覺認為她應該可以接受我的求歡，何況我們曾經有過一夜情，吻完之後，她看著我，然後說，這樣太便宜你了！我心想，我不是已經佔過一次便宜了嗎？我沒有再嘗試進入她的身體，她沒有過度的防備，我只躺在她的身旁，做我自己想做的事情，我問，可以拍照嗎？她點點頭，我拿出自己帶的尼康相機，拍攝她的畫面，從側面拍攝她的倩影，她只穿著一件T恤還有一條短褲，我猜想她並沒有穿著胸罩跟內褲，但是當她拒絕我之後，我就覺得應該保持適度的距離，即便我們兩個就睡在同一張雙人床上。隔天早上，她醒過來，看到我，笑了一笑，我不知道自己是不是做了錯誤的判斷，但我覺得好像也沒有失去什麼。

吃完早餐後，我們繼續逛著這座島的另外一端，也就是靠近機場的那一端，這一端距離機場的島很近，距離很短，感覺海水很深，而且風浪不小，必須搭載渡輪才能通過。

她的飛機比我早大概四個小時，我們散步完，她就必須回到旅館搭計程車到渡輪站搭渡輪到對岸再搭飛機回另外一個對岸。

我們途經一間非常有趣的小吃店，裡面販售著當地的小吃，我們愉快地共同享用這一餐，因為我們知道這將是我們在馬累所吃的最後一餐。

走回旅館，我幫她叫計程車，準備送她去渡輪站。我原本沒打算跟她一起搭計程車，我把行李拿上車，送她上車後，她突然問我，你不送我？我猶豫了一下，跟著上了那部計程車，大約十分鐘後，我們到達渡輪站，我去渡輪站幫忙買了一張船票，她說，你沒有幫自己買一張？我答說，我的飛機是下午才飛的，其實我害怕別離，我一直都害怕別離，因為害怕所以逃避，我逃避每一個，任何一個別離的場景，所以我沒有買船票，我不想陪她坐船過去對岸，因為我不想看到別離。

她看著我，說，「我去幫你買一張」，她去買了一張船票，我把她想像成那是下午的船票，可是，顯然她的意思不是那樣，我只好跟她上了船，風浪很大，船身搖搖晃晃，船無法直行，所以行進的路徑歪七扭八，像蛇一樣的路徑。終於到達對岸，我的心七上八下、忐忑不安，胃倒是沒有很不舒服，我們上了岸。到達航空公司櫃檯報到，拿到登機證，走到登機口，終於，這一次我不能再陪她進去了，她放下行李，親了一下我的嘴唇，然後微笑了一下，我不懂她的含意，隨即離去。

我一個人怔怔地循著原路搭渡輪回到馬累，這一次我沒有叫計程車回旅館，而是循著早上我們散步的路線走回去，我的時間很充裕，走路回旅館還有很多時間可以慢慢整理行李，我一邊走著，一邊想著，一邊看著馬累的街景，由於步行的關係，我對馬累的街景已經變得相當熟悉，我沿著馬路，看著我跟她一起走過的街景。我突然發現，我幾乎忘記了這兩天跟王兄聊過的話題，但是我對於跟貓鬚逛過的街景，倒是沒有一處忘記。

多年之後，我突然想起，王兄曾經跟我提過，對岸要來幫馬爾地夫興建一座跨海大橋，印度對此非常感冒，但是，對岸顯然置之不理。我用Google Map查一下我跟貓鬟搭計程車前往渡輪站經過的一處路口，那個地方已經興建了一座跨海大橋，如果我跟貓鬟再次約在馬累見面，然後散步逛街，這一次回程是否會直接搭計程車走跨海大橋到機場呢？

我不知道，因為我跟貓鬟已經失去聯繫。但是我仍記得每一條我們在馬累逛過的街道。在我的回憶中，在我關於馬累的回憶中，在我關於馬爾地夫的回憶中，清晰可見。

王兄似乎還跟我聊到對岸的航母建軍計畫，兩艘目前已經興建完成，下水服役者，部署在東海。兩艘採電子彈射甲板的航母將部署在南海。還有兩艘最先進的核子動力航空母艦，將部署在印度洋。

其中兩艘核子動力航空母艦應該是對岸造艦計畫裡面最先進的航母，我所不能理解的是為何要部署在印度洋。對岸與東瀛之間有尖閣群島的主權爭議，加上東瀛與美洲老大哥是同盟關係，在東海受到的威脅應該是最大，兩艘最先進的核子動力航母如果完工下水，照理說應該是部署在東海。

如果沒有部署在東海，那麼至少應該部署在南海，因為南海主權爭議涉及周邊許多國家，包括越南、菲律賓、馬來西亞、汶萊與印尼。而且美洲老大哥持續在這裡介入周邊事務，包括所謂的自由航行，對岸則是在黃岩島、渚碧礁、永暑礁、美濟礁等四個島礁開發機場跑道及可供軍艦停泊的港口，如果這個區域的戰略重要性不高，也不用那麼大費周章，可是，既然戰略重要性那麼高，為何不將最先進的兩艘核子動力航母部署在南海呢？

我望著馬爾地夫湛藍的海水，抱持著疑惑，回到了島嶼。

幾個月後，我奉命到印度參加一個研討會。

美洲老大哥近幾年開始推動所謂印度太平洋戰略，重啟四方會談，雖然島嶼並未正式加入，但是，由於島嶼的戰略地位與價值非常重要，QUAD的外圍有不少跟戰略及區域安全有關的研究機構，會邀請島嶼的相關機構參加研討會，印度這場研討會就是其中之一。

除了參加研討會之外，我們不免還要利用這個機會來趟印度之旅，即便是小旅行也行，泰姬瑪哈陵也行。泰姬瑪哈陵當然壯觀，但是參觀之餘，回顧一下印度的歷史，發現英國殖民前，印度也有兩百五十幾個王國，這些王國有些目前還留存，王室甚至居住在自己的領地，擁有租稅權，儼然自己是一個獨立的小王國，對，它本來就是，或許可以說，一直都是，英國人殖民並沒有改變這一切，印度獨立也沒有改變這些王國的地位，他們經歷過兩三百年的歷史，仍然屹立不搖，或許這才是印度的真相。

此外，我們還前往孟買，參觀印度當時正在建造，還未下水的航空母艦。跟我們一起參加研討會的美國專家跟我們分析這個造艦計畫的種種不可思議之處。

當時印度正在建造的航母有維克蘭特號（Vikrant）和超日王號（Vikramaditya），這兩艘航母之中，我們參觀的是超日王號。印度的第一艘維克蘭特號是向英國租用，後來決定自己建造，超日王號則是以蘇聯的基輔級航母為基礎改裝，原則上都是使用米格二十九戰機，雖然，印度被美洲老大哥拉近印太聯盟裡面，但是印度使用的武器裝備還是來自俄羅斯。這個現象蠻尷尬的，因為中俄是同盟關係，印度如果真的跟中俄為敵，萬一俄羅斯停止供應武器，印度如何打仗呢？再說，打仗的時候，中俄果真一體，那麼俄羅斯對於印度武器的性能可謂瞭若指掌。

美洲老大哥把印度拉進印度太平洋聯盟後，印度一直索求將先進的雷達系統與武器系統裝設在印度的戰機與航母上面，美洲老大哥為了拉攏印度，當然不得不考慮印度提出來的條件。但是，提供給印度後，首先得擔心這些技術被中俄破解，甚至直接盜取使用，這樣兩邊國防科技及軍事武力的差距便縮小了。

這位專家還提到另外一個困難，美洲老大哥自己的雷達系統與武器系統分屬三個不同的軍火工業廠商提供，要整合比較容易，但是，美洲老大哥的武器系統與雷達系統，如何整合到一個充滿俄製軍機甚至航母的印度國防體系，這兩個系統互相競爭，但幾乎是兩個完全不相容的體系，這才是最大的問題。印度政府及軍方絲毫沒有考慮到這些問題，就盲目提出要求，讓美洲老大哥的軍方與武器供應商傷透腦筋，不提供會被印度說成不具結盟誠意，政府外交及商業部門都會施壓，真的要提供，除了擔心科技外洩被抄襲模仿之外，最大的障礙是難以整合。

社群軟體是現代人的生活必需品。

加入國安工作後，一開始便簽立的保密協定，我曾經詢問主任，何謂機密，主任意有所指地說，你工作上接觸的事情都是機密。

從那一天開始，應該是說從接觸國安工作的第一天開始，我就從未在社群軟體上，主要是臉書上，提到自己的工作內容，但是由於研究國際關係，經常關心國際時事，有段時間，我曾經在臉書上面寫過一些討論國際情勢的文章，有一天，一位在國安單位工作的朋友傳訊息給我，他認為我在臉書上面寫的文章可能會洩漏國家機密，從此之後，我連國際情勢的分析與評論都不敢寫了。

到對岸進行交流後沒多久，有一次聽到某位曾到對岸進行過交流的部長級人物描述，自己的電子郵件信箱被對岸監控，社群網路帳號被對岸滲透等，我才開始想到電子郵件信箱會不會也被滲透呢？我的社群網路帳號會不會也被監控呢？

有段時間，我的臉書帳號持續會有一種類型的人物提出加入好友，他們的頭像清一色是美女照片，美到不食人間煙火的頭像，更像是明星照，正確來說，是網路上到處可以搜尋得到，被盜圖使用的明星照。

然後，他們通常都不住在對岸，可能是美國、加拿大、英國、德國等，不是美洲就是歐洲，頂多就是住在香港，通常都是著名歐美大學畢業，帳號資料全部都是英文顯示，感覺這個人不是留學生，就是移民的第二代，但他們的明星臉還是無可避免地遵循某種審美偏好，清一色是東方人臉孔。

透過Messenger丟過來的訊息卻是中文，而且是簡體字，我通常都用英文回答，基於禮貌，但對方通常就會要求用中文溝通，他持續打著簡體字，看看他的時間牆，貼文通常只有兩三則，就知道這是個人頭帳號，並非長期經營的個人帳號。

至於其目的為何？無非是監控我個人的生活，以及在網路上的言論立場等，這種情形持續了一段時間，這些人頭帳號甚至公然在我的帳號上問我一些私人問題，譬如我為何會去參加某個會議？為何我對這個國際事件有這樣的看法？我覺得這些陌生帳號已經嚴重干擾到我的生活，所以我後來索性關閉我的臉書。

關閉了臉書後，我個人的生活中缺乏社群軟體，感覺到確實有點空虛。因此就開設了一個虛擬人物的臉書帳號以及IG，充當我平日寫作或者攝影作品發表的園地。由於是虛擬人物，沒有什麼國安的特殊背景，果然很少有什麼奇怪的人頭帳號來要求我加入好友，倒是因為頭像使用美女圖片，招致不少無聊男子來搭訕，對付這種無聊男子很簡單，只要一律封鎖就可以了。

到了孟買這個印度的第二大城，除了參訪印度正在建造的航母之外，少不得也要去市區觀光一下。而卡瑪提普拉則是孟買著名的紅燈區，特別引起我的關注，著名的電影甘古拜—孟買女帝，描繪並且多少美化了她傳奇的一生。

走在卡瑪提普拉的街頭，平日已經不見昔日紅燈區的繁華景象，我坐在一處咖啡館，品嘗著一杯黑咖啡。難得身處印度社會的氛圍中間，感受這種氣氛的機會不多。

美洲老大哥採納東瀛的印太戰略時，也呼應了東瀛的所謂「價值觀同盟」，民主鑽石同盟，是因為美日印澳共享民主體制的價值，保障人權以及個人自由。但是，在印度，種姓制度仍然深植於社會底層，揮之不去，兩名婦女在公車上慘遭輪姦，報警卻未獲處理，施暴者竟因為種姓的歧視可以將自己的行為完全合理化，這樣的社會體制離高舉民主價值、保障個人自由的社會相去甚遠。

我忍不住寫了一首詩來懷念甘古拜，並紀念我這次的印度之旅，自詡為〇〇七的我，這次在印度並沒有任何豔遇。

甘古拜

孟買的紅燈區
有著阿拉伯海的氣息
七個島嶼
蘊含著七個不同的情緒
你穿著白色的沙麗
漫步在卡馬提普拉區
凝聽著午夜的哭泣

聽不見戀人的絮語
只有慾望的流洩
在每一個少女的身軀上　喘息

在暴力的陰影下
還有更為深層的陰影
妖魔般張牙舞爪的　可能是原生家庭的背棄
販售商品般的　販售自己的女兒的靈魂與肉體
啊　這個商業之城　難道只住著商業之神
正義的神祉　你在那裡
莫非你也在暗夜裡　哭泣

白色的沙麗　飄揚起救贖的契機
罪惡的狂浪　波波侵襲肥沃土地
來自海上的貿易風　沒有停息
沒有停息　對於身體　對於土地
將整個種姓制度　完美化為商業模式

讓慾望的流淌　更加茁壯
讓金錢的無盡積累　一如　對土地　對身體的無盡剝削

白色的沙麗　在城市滾滾的喧囂赤焰之上
也許終將成為灰燼
但仍會被記憶
仍然是一種白色的記憶

廈門灣的夜與霧

政黨輪替後，我們與對岸的關係開始惡化，如果說這是噩夢一場，那麼，政黨輪替前，我們與對岸的關係就是一場美夢。可惜，美夢總是容易醒，而惡夢常常想醒也醒不了。

早在對岸改革開放之初，島嶼就有不少人前往對岸經商，一般來說，早期會前往對岸的中小企業，都是在島嶼產業轉型過程中的棄嬰，既然是棄嬰，就不會介意他們前往對岸投資，甚至非常樂意見到他們前往對岸有更好的發展。

第二批前往對岸投資的已經不是所謂「夕陽工業」的中小企業，而是因為對岸有高技術但廉價勞動力的大型企業，這些企業著眼於高度經濟成長後廣大的市場，還有較為低廉的勞動力，以及政府提供的各種優惠條件，包括土地租金免費或者長期低利貸款等。

第三批前往對岸的則是所謂的台籍幹部，由於台資企業在對岸投資後，發現經營管理上的問題肇因於人力素質的參差不齊，加上完全在地化有困難，當地人未能融入企業文化，反而企業文化被在地化力量帶著走等，最終企業決定回島嶼招聘幹部訓練，再派往對岸工作，此即所謂的台籍幹部。

第四則是專業工作者或者個體戶，最明顯的就是律師、建築師等，由於對岸的經濟繁榮，各種類型的專業人士都有發揮的舞台，加上兩岸互動熱絡，有些人著眼於未來的遠景，所以，前往對岸工作。

我也是這股潮流中漂浪的一朵浪花。

一開始，我是到對岸港灣的大學念經濟系博士班。

沒多久，我前往日本寫博士論文取得島嶼南方大學的博士學位，因此港灣的經濟系博士學位就放棄了。

但是，順風車在政黨輪替前都還算順利，不久，我就應徵上一家台資企業，前往港灣擔任台資企業的幹部。

平心而論，這裡的生活頗為舒適安逸，所以，不少台籍幹部最終選擇在這裡定居，安居樂業，安身立命，但是，好景不常，這樣的好光景隨著政黨輪替慢慢消失了。

我們先回憶一下好光景吧。

那一年秋天，我來到港灣念大學經濟系博士班。

在此之前，我已經認識阿蔡。

對，就是那個為人誠懇、待人寬厚的阿蔡。那個時候，我仍未進入國安單位，還是一個相對清純的學生。

在廈門的日子，認識不少經濟系博士班的同學。

一開始，我獨自租屋在靠近廈門灣的一棟公寓，那棟公寓的頂樓有一個很大的陽台，可以俯瞰整個廈門灣。廈門灣的天晴，廈門灣的雨天，廈門灣的清晨與夜晚，我都領略過他的勝景。

從北都先搭飛機到一個小島，然後再搭船到對岸，就可以到達阿摩伊大學。我到這裡唸第二個學位，是因為島嶼的經濟被這個大陸所牽動，我得來這裡找到這個發動機的原理。我無意來這裡尋找愛情，也不想去牽扯到認同問題，當然這兩者後來都證明無法讓我置身事外。

阿摩伊大學其實才是她的本名，我後來在ＱＱ空間上面看到有校友張貼一張美國波士頓某大學內教堂的照片，教堂周圍馬賽克的玻璃上書寫著世界著名大學的名字，而阿摩伊列名其中，這曾讓我驕傲了一下。雖然新大陸的肯定不意謂著如今這大學的學術或教育水平，且那教堂興建於上世紀初，當時的評價高不意謂著現在的評價也高。其實，我喜歡從海上去觀察這學校的景觀，當我乘船從這島前往那島時，會從大學的外海經過，如同閱覽校園的建築群一般，那景觀總讓我覺得愉悅，即便搭乘這渡輪的過程難免顛簸。

到日本寫論文的時候，中豐教授不曾聽過這所大學目前的名字，倒是對於這所大學過去的名字相當熟悉。大學以歷史的名稱被人記憶，究竟是意謂她應以歷史為傲，還是意謂她風華不再。也許留給後人去評價吧。

我帶著感傷而離開是在四月吧！談到這段感傷之前，我得先說說剛來到這所大學的那段日子。我來這裡唸的是經濟系，一年級的基礎課程有宏觀、微觀及計量等三門課程，是所有經濟學院的科系一起上課，所以跟我一起上課的學生有金融系、財稅系、國際經濟系、計量統計系以及能源中心等。

這個大學我來過幾回，第一次來是來交流的。我就讀港都的一所大學，由老師率隊來此交流，這是我第一次造訪這個城市。為了區別這兩個臨近海灣的都市，我姑且稱呼原先就讀的港都為K，稱這裡為X。K與X有許多相似之處，不同之處在於，X是在一個小島上，與對面的島遙遙相望。這裡發生過戰爭，曾經跟對面的島嶼炮火四射，如今戰火早已停息，大家專心搞經濟，街道景觀日漸繁榮，高樓大廈平地起。

小紅是來自北方的一個姑娘，我們一起上著經濟學院的三門基礎課程。她是北方人，具有一種爽朗的氣息。那段時間比較親近的同學還有西安、浩特及廬山，我們常常廝混在一起，一起上課，也因為研究所的學習很苦悶，我們也經常一起玩樂。

對岸的經濟剛起飛不久，當時主要還是集中在沿海的城市，而阿摩伊大學所在的小島就是港市所在地，從十九世紀中期來自不列顛群島的帝國強迫對岸貿易而發生戰爭以來，港市便被迫開放貿易，港市所在的島旁另有一個小島，便提供給洋人當做租界，上面蓋滿了歐式建築的西式洋樓，大革命後，一棟洋樓分配給好幾戶人家分居，便形成人民公社了。

他們很羨慕我們在島嶼上過的生活，距離造成美感，他們總覺得我們的生活比較高級，其實可能是我長他們幾歲，比較懂得玩樂吧！

三高的課程每週馬不停蹄地奔馳著，除了上課還是上課，高等宏觀經濟學的老師聳俐氣質優雅，講課有條不紊，我常常聽她的課聽到入神，他總是露出一絲親切的笑容來遮掩這些難懂的宏觀經濟理論。從索洛增長模型、拉姆賽模型及戴蒙德模型等，那些線性模型在他的描繪下似乎都變成抽象畫，儘管難懂卻具有神秘的美感，不再令人生畏。

高等微觀經濟學則是由一個瘦小的林老師講授，林老師喜歡解題，在解題中他找到自己上課的樂趣。因此，他常在解題中渾然忘我，而忽略了旁邊苦苦等候他解題的學生們。有時候他也會遇到瓶頸，始終解不出來，自已一直喃喃自語，我們這些學生們索性上洗手間的上洗手間，倒開水的倒開水，給他很充裕的時間思考。等他解出來了，同學們也差不多都回座了，大家皆大歡喜。其中浩特與盧山最樂於協助老師解題，浩特是屬於苦學型的學生，而盧山感覺則是屬於機敏型，兩人吱吱喳喳，倒也讓老師不會感覺到寂寞。

高等計量經濟學，我不在自己系上課，卻跑到小紅的統計系去上課。學統計還是要去統計系上比較靠譜，我是這樣想的。浩特跟我是同一個指導老師，因此，我們便經常一起去上這門課。但愛情這門學分卻非統計學可以分析得清楚的，壞也許就壞在這裡。

我們一夥人最常去打撞球，他們稱之為台球。西安的球技不錯，架杆姿勢非常帥氣，一頭短髮幾乎已經童山濯濯，卻更顯出一種魅力，讓人想起國王與我裡面的尤勃連納，有一種王者的氣魄。一行人在球館較勁時，不免哈菸，西安應該是此中最愛好者。小紅也抽，而盧山與浩特感覺就是小孩子偷哈菸一樣，笨手笨腳的樣子。

小紅打台球另有一種風情，身高約一米七五左右的身材，雖非清瘦但卻仍算健美，肌肉結實且均勻，站在球台邊就不像陪打的小妹而像柳幸美那種國際級好手般的氣勢。再怎麼看，都是西安與小紅比較登對，身高相仿，且豪邁帥氣兩人也旗鼓相當。

除了撞球之外，吃吃喝喝當然是年少輕狂如我輩者必為之事囉。學校附近的漁港人家，我們是常客。對岸經濟起飛之後，許多家庭經濟情況逐漸改善，加上一胎化政策，家中的關懷照顧集於一身，即便物質條件不是非常寬裕，但享受一點豐衣足食的感覺還是沒問題的。於是，打撞球、吃燒烤海鮮、喝啤酒便是我們學習倦怠之後，最好的調劑良方，以便繼續激勵學習動機。

西安取名來自古都，因此關於城市的歷史與古蹟等如數家珍，城市曾經是某些朝代的首都，而兵馬俑遺跡的發現也可說是世界知名的文化遺產。西安說，城市的古蹟與文化遺產遍地都是，因此如果年代不夠久遠或者不具代表性，往往不具有保存價值便會被隨意毀壞，如果每個被發現的古建築都要保存的話，那這個城市就不可能進行建設了！因為古建築物太多了！西安常在香菸裊裊的場景中描寫那個古都的風華與面貌，讓人心嚮往之！可以想像古詩人的一些詞句，譬如「長安一片月、萬戶擣衣聲」，那聲勢該是多麼驚人，較諸現代的車水馬龍，或者阿摩伊大學白城校門外的海濤聲，應該是絲毫不遜色吧。

但我所由來的那個島嶼僅僅只有四百年的歷史，西安所描述的那個城市，任何古建築應該至少都有千餘年的歷史吧！那在島嶼上頭，不就是古蹟中的古蹟了，僅僅這兩個不同脈絡的差異，便使得古蹟的認定產生極度的對比。在島嶼的古都，不需要百年的殖民時期建築物便往往是重要古蹟與文化遺產了。

西安欽羨的當然不會是古蹟。

「大哥，你們的民主是我們整個民族的驕傲，證明我們也可以跟西方人一樣建立並運行民主制度。」他的語氣中帶著興奮。

話是這樣說沒錯，但這也是許多人不斷爭取之後的成果。況且，還有許多的問題有待解決。

我的說法語帶含蓄地保留。

「我們這兒要能走到你們那一步就已經很不容易了！」西安說完，舉起啤酒瓶就跟我乾了一大口。他喝酒向來豪邁。

我也先喝了一口，之後再說，「是阿！但眼前你們面對的經濟問題恐怕還是政治問題的源頭吧！」我仍然語帶保留地陳述我的意見！

此時，小紅會有點不耐煩地說，「你們老愛談這個，一定是酒喝得不夠多」，他也把酒瓶舉起來跟我們互乾一大口。

西安卻說，「爺們喝了酒就愛談這個！」小紅則不甘示弱地說，「我也是爺們！你們談這個我不擅場，但喝酒我可不輸你們！」這青島小曼酒量好不好不知道，但酒膽倒是十足。

盧山不談政治，他喜歡玩樂，譬如玩骰子。至於浩特則更喜歡談學問，譬如他會問「有沒有那個模型可以解釋一切的經濟行為呢？」或者「索洛模型是不是就可以解釋經濟增長了呢？」不過，如果他平常提出這些問題，或多或少還會有人回應，至少我跟西安會搭理他，盧山通常會嘲笑他，小紅則不答腔，但如果他在大家飲酒作樂時提出這些問題，那下場就會比較悽慘，立馬變成全民公敵，少不了要被罰酒，或者被責罵一番，盧山通常是責罵他最厲害的，大概是白痴或者智障類似的評語，但往往浩特酒醉之後仍舊會提出他思索良久的問題，而酒醒之後，他跟盧山之間的爭辯仍會繼續。

我們常常就從大學城後面的漁港人家走回大學校園，路經演武路，旁邊有一個方圓約百米的水池，據說當年是鄭成功訓練水師的地方。大學的校門便面臨演武路，這個校門稱為西村校門，從西村校門進入後，左手邊便開始陳列一系列學校的古建築物，當時正在整修，由於是木造建築，已超過一百多年歷史，修復工程係依照古法重修，連木頭跟木頭接壤之處都透過榫來連接固定，極費工夫，造價也不菲。這正門進去馬路極為寬敞，橫距約有五十米，足以讓兩部大卡車會車有餘，且路兩旁種植有椰子樹，透露著南洋風情，跟島嶼的大學風貌頗為相似，也許跟這所大學的創辦人是華僑有關吧！

經過椰林大道後，通常都會轉入行政大樓前的通道，而此一通道外側便是芙蓉湖。芙蓉湖是一個人工湖，湖中間養養著幾隻天鵝與野鴨，夜晚時，湖邊週遭的建築，燈影會照映在湖面，形成黑暗中的一片片金黃色光影，添增一些浪漫的氣息。稀稀落落的情侶散佈在湖邊的草地或涼亭，尋找自己的棲身之處。也難怪有人說這學校適合談戀愛，不適合唸書。

一行人說說笑笑之際，生活還似乎頗為愜意，套句他們的說法，「這小日子過得還真是不錯。」日子在這樣學習與玩樂之中交錯，也過得有點不經意。

我們通常沿著行政大樓前的道路散步回到克立樓，然後分道揚鑣，他們三人住在凌雲宿舍，我與小紅則住在丰庭宿舍。丰庭宿舍有四棟，其中一棟專門提供給在職的學生居住，我就住在丰庭在職學生的宿舍。

我的房間在二樓，靠近四棟宿舍的中間涌道，二樓陽台上面曬了什麼衣服，別人都看得清清楚楚。不過，我也不用害臊，因為其他棟宿舍的女生也是如此，遇到需要曬內衣的時候，就會發現很多招數，譬如把內衣褲藏在其他衣服裡面用衣架吊起來，或者掛在室內，或夾雜在一大疊用衣架吊掛起來的衣服中間不易被發現等。總之，女生還是比較含蓄些，但大辣辣掛出來曝曬的人也不少，小紅應該就是屬於其中一個吧！

每回我與小紅兩人走回手庭的路上，便有一段非常短暫的獨處時間，雖然短暫但仍是獨處，然後到達兩棟宿舍中間的走道交會處，我們便會互道晚安，回到各自的宿舍去。

小紅比我高大約一個頭，即便我穿那種跟很高的越野休閒鞋，但仍然得仰視她。不過，由於我年紀長他很多，因此他對我態度相當客氣，而這份客氣在他獲知我來自海峽對岸的島嶼之後，又帶有另一種曖昧的情愫在其中。

這份情愫隨著時間慢慢在發酵，小紅習慣性地叫我大哥，總是「大哥長」、「大哥短」的，有一回打完撞球之後，由於打撞球都是我付錢，因此小紅說要請我吃宵夜，由於時間已經很晚了，我就說改天吧！那個週末晚上我約了小紅去校園外面的黑糖咖啡吃飯，兩人在昏暗的燈光下談心，氣氛格外地恬靜，且易於滋生情愫。我拾起小紅置放於木桌上的纖纖玉指，仔細端詳一番，他並未拒絕，手指修長且肌膚細膩，這手真的是美人之手，古人稱之為「蔥指」實不為過。小紅此時倒頗為謙虛地說，他全身上下也只有手最美，並調侃我說，大哥是不是都這樣吃女生豆腐。這句話說得倒有幾分事實。品賞女人的手一則不嫌輕佻，二則如果略懂手相的話，還可稍微分析一下這女生的感情與婚姻，個性、事業與健康等，對於想要交往的對象而言，可以讓男方多一點判斷的基準。這些話我都據實向小紅說了，以哥哥的姿態來掩飾此時的某些意圖應該是最保險的。

小紅倒是不疑有他，至少表面上裝著相信地說，那大哥要不要說說我的婚姻、感情、事業、健康及個性等等。這可是一份艱鉅的任務，如果說錯的話，會減損我在他心目中的權威感，但又不能完全不提。我粗略地分析一下，婚姻線有明顯的兩條刻痕，我不諱言他有再婚的可能，以便我講話讓他覺得沒有敷衍或者故意說好話的嫌疑，至於其他的部分，由於我手相確實不熟，便匆匆帶過，只說我改天幫你算紫微斗數吧！紫微我比較專業點，但話說在前頭，你得給我象徵性的一塊錢，否則我會折壽。這話也是事實，以前教我紫微斗數的學長說過，算命是洩漏天機，絕對要跟對方收費，即便是一塊錢也好，否則會折陽壽。我雖然不期望長壽，但也不希望早夭或英年早逝。小紅也很開心地說好，並表示他下次打電話要跟媽媽要正確的生辰年月日，以便算命，同時附加一句，要準備一塊錢以免大哥折壽。

原本我們還要去另一處地方吃麻辣燙，因為晚飯最後還是我請客了，小紅覺得這樣不好意思，正當我們要離開時，他接到一通電話，便說有事需要離開了。

小紅其實是有男友的，我後來見過他的男友張晨，張晨外型與小紅更登對，兩人都是青島人，張晨身高一米八左右，體格也相當壯碩，剛好可以讓一米七五的小紅小鳥依人，而我卻剛好相反，我是可以在她懷裡小鳥依人。我跟張晨初次見面也是唯一一次見面應該是在芙蓉餐廳吧，餐廳的名字跟湖一樣，至於為何叫做芙蓉就不得而知了。

張晨跟小紅以前是同學，在西北某大學。畢業之後，小紅考上南方的這所大學，而張晨則回到青島找工作，兩人遂相隔南北兩地，靠著每天打手機聊天以及傳短訊維繫感情。他的眼神頗為誠懇且專注，那天中午，我剛好在芙蓉餐廳遇到他跟小紅兩人在吃飯，於是過去打了招呼，並坐下來聊了幾句，這大概就是我們僅僅講過的幾句話，並就此別過。

小紅的酒量其實並不好，尤其對於啤酒更是沒有招架之力。而我卻不擅長喝白酒。自從有次帶了兩瓶金門高粱，跟他們一起去湖濱南路的小紅帽吃自助火鍋後，我就開始建議喝啤酒。因為那次吃火鍋，我跟西安把一整瓶七百五十毫升的二鍋頭全喝光了。兩人從金庸談到秦始皇，從荊軻談到陳近南，我們透過談歷史拉攏彼此的距離，但也在談歷史的過程中突顯了我們之間的差異。酒能助興，談興也能助酒興，我本來就是一個喜好談歷史的人，遇到一個從歷史古都來的西安，那更是有談不完的歷史。那一瓶高粱把我從歷史推入恍恍惚惚中，我們離開小紅帽到一家ＫＴＶ唱歌，唱了什麼歌我通通不記得，只記得跟小紅合唱了一首我應該最擅長的「廣島之戀」，但據說竟然是五音不全。我在沙發上昏睡了一段時間，去了一趟洗手間，又在洗手間裡面躺了半小時，小紅與西安來叫我，我也沒力氣開門。就是這一次讓我決定以後不再喝高粱，我也不買高粱去給他們喝了，改喝啤酒。

但喝啤酒害了小紅，這個北方大妞喝白酒還能夠靠著酒膽壯了幾分酒量，但喝啤酒卻是完全沒有抵抗力與戰鬥力，連徐州來的盧山以及內蒙來的浩特酒量都比她強些，好像啤酒酵母會自動在他胃裡發酵一般，把她搞得七葷八素的。青島來的青島小曼喝青島啤酒照醉不誤，往往便成為我們席間嘲笑小紅最好的說辭，而他憑著一股衝勁與勇氣卻仍是要跟我們拼個高下，但往往落個下場便是我們幾個大男生攙扶著她，一路搖搖晃晃地走回宿舍，沿途小紅口中「哀家」、「咱家」不絕於耳，而我們幾個大男人卻真的頗像一群太監伺候著太后或者娘娘一般，左攙右扶，恭恭敬敬，伏伏貼貼地伺候著老祖宗回去寢宮。有次小紅實在是已經不省人事，我們只好把她扶到附近的一家咖啡館，叫來幾杯熱咖啡讓她醒酒，通常這時候老實的浩特都會耐心等候，而滑頭的廬山則會唱作俱佳的表演類似單口相聲的說說唱唱，企圖取悅有時候則是趁機取笑小紅，小紅偶然清醒點時則會立即識破他的詭計，而我跟西安則往往是在小紅身邊照料她直到酒醒為止。

壞就壞在後面這一段，到了克立樓，其他幾個男生有的不方便送小紅回去，有人雖自告奮勇但也遭婉拒，便只剩我一個人獨撐大樑，我勉強攙扶這巨碩的身軀，其實內心是深深叫苦，卻無艷遇的僥倖，而小紅左右搖晃之際的那種離心力確實足以讓我吃盡苦頭，我有時必須用整個肩膀頂住她的身體，以免她頹倒在地。而她則會被我的肩膀頂到跟我說痛，我只好還是盡力地扶持她回寢室。第一次、第二次我扶她回到寢室，便趕緊離開，避免閒言閒語。雖然把她巨大的身軀在床上擺放好，並日蓋好棉被等仍費了一番功夫，但至少沒閒功夫磨蹭，也算是相安無事。

但第三回，就在我打算離去之際，小紅把我叫住，希望我陪她聊聊。我則有點勉為其難地留下了，因為孤男寡女獨處一室，而且她有男友，而最重要的是，如果萬一天雷勾動地火，我怕面對她壯碩的軀體，我也無福消受，搞不好身體重要器官還會有所折損，因此我多少還是有點戰戰兢兢。小紅有點醒了，但還是頭暈，我找到開水及茶杯讓她喝了幾口水，她要我跟她聊聊，「聊些什麼呢？」我問，她說：「就說你們那裡的事給我聽」，他們對於我來的那個島嶼的各種事物特別感興趣，這裡的他們指我在阿摩伊大學的同學們，由於這一點讓我顯得像個異類，但多少是有價值、希奇、珍貴的異類，事實上我也是當時整個經濟學院裡面唯一的一個，也難怪他們會好奇。而此時，小紅透露出來的好奇心儘管毫無掩飾，我也完全可以體會，只是島嶼上的故事太多了，要說什麼呢？她竟說，「那不然就說你的情史吧！」談情史不如談島嶼的故事，多虧我以前唸過歷史，還教過歷史，多多少少能夠說出點皮毛，但小紅興味顯然不高，兜了半天，還是兜到我身上來。我幾次表明想要回寢室去，都被他帶有幾份要賴性質的撒嬌留住，我便索性坐到床上去，讓她的頭枕著我的大腿，躊躇著如何簡略地聊我的情史。

大哥，你年紀不小了，還不想結婚嗎？

我猶豫了一會，說，其實我結過婚。

小紅睜著大眼睛問，那你老婆呢？怎麼忍心把她一個人丟在那裡。

沒有，我離婚了。

那有小孩嗎？

沒有。

那就好。

我們有一搭沒一搭地談論一個我不是很感興趣但她卻頗感興趣的話題。

接下來問的總不外乎是離婚的理由。而我已經回答過這個問題無數次了，最後為了不想回答，因此乾脆都跟別人說我沒結過婚，如此可以直接跳過這個話題，沒想到今天晚上跟一個喝醉的女生在這裡糾結這事，只因她問的另一個問題太過空泛，我很難回答。我想想，只能非常制式地說，個性不合吧。她又再次睜著大眼睛問我，那當初為何要結婚呢？「噢，就因為不了解而在一起，因了解而分離。」自己想想，這好像是句廣告詞，還是連續劇裡面的對白呢？我也忘了，但小紅也許是因為半醉半醒，對於這個回答還頗能接受，也或許她只是想找話題把我留住，不想讓我太難堪，所以對於這種其實很空泛很抽象的答案不想深究。

「我得走了！小紅。」，「不要，再陪我聊一會。」，我說「改天吧！」，「好吧！」，「那最後一個問題。」。她猶豫了一下，問，「那你喜歡怎樣的女生？」，我喜歡怎樣的女生，這種看似簡單的問題，其實越來越難回答了，大學時代可以洋洋灑灑地列出五大條件，第一、要想法相似，尤其是價值觀；第二、要有共同的興趣；第三、要聊得來；第四、要看得順眼；第五、要能互補。對，其中第五最難，自從離婚之後，覺得這些條件越具體越虛妄，但好像也不能不回答，而且我心中開始浮現一些問號，這小女生在想什麼呢？不是明明有男朋友嗎？也許她只是好奇罷了！關於感情這件事，海峽兩岸的年輕人好像沒有太大的區別，都一樣充滿幻想與憧憬，還有許許多多青澀的體驗吧。

「這一次我真的得走了！」。「你還沒有回答我的問題！」，「嗯，遇到就知道了吧，沒遇到之前設定太多條件好像也沒啥意義。」，「噢！」，小紅的回答透露些許的失望。正當我要離開時，她拉住我的雙手，她強勁有力的臂膀使得我好像在反抗，而非她在懇求我不要離開。我們在床沿拉鋸並衍生出一點嬉戲的味道，最後當我站立著並將她的頭擁入懷中時，她才不再嬉鬧，但此刻我是如同慈父一般地撫摸著她的長髮試圖使她安靜下來，她倒是迅即變成嬰兒般的恬靜，我親親她的額頭，她抱著我更緊了，那個力道著實有點讓我快要無法喘息了。父女般的擁抱雖然在姿勢上繼續維繫，但時間長度卻逐漸慢慢地往情人的方向在移動著，當我試圖輕輕掙開時，那渾厚的勁道卻只能使我放棄。這樣的僵持不僅是我始料所不及，也使得我開始思索接下來要發生何事。

我跟五月之間雖然經常性地沉默並間歇性的爭吵，而我來到海峽此岸之後，與海峽彼岸的她更加疏離了。就如同她所言，我們之間除了性之外，到底還留下什麼呢？但這個關係仍是維繫著，並未真正地結束了。至於小紅，更是有一位交往多年的男友，前不久我們才見過面，無論如何，我們也始終以兄妹相稱，至此為止的擁抱都令人不免尷尬。我仍繼續抱著或應該說是被小紅擁抱著，滿足她此時可能乍然浮現的不安全感吧。一胎化政策下的這一代，沒有真正的兄弟姊妹，也許她渴望更多兄長的關懷之情，而我事實上也暫時難以脫身。

我隻身一人到這裡來，雖然離家出外奮鬥已多年，早就習慣必須適應不同的生活環境，但這裡畢竟是另一個國度，不管他們承不承認，這是一個不同的國度，不僅政治問題很敏感，很多生活習慣也不同，這個港灣跟島國的生活習慣已經比較相近了，但其實那些差異都會顯露在生活上，譬如這裡有很多人會隨地吐痰，走在路上，你得小心不要踏著痰上，因為到處都是。這樣的衛生環境也讓你不敢隨便去吃路邊攤，吃路邊攤在我的家鄉是一件很稀鬆平常的事，甚至應該說是一種樂趣，但在這裡，這個樂趣被剝奪了，甚至蛻變成一種恐懼。我剛來這裡時，根本不敢隨便吃東西，連外邊的餐館都不敢吃，只吃學校的食堂，食堂的管理至少比較衛生吧？我想，而且我只吃立即煮好的熱食，譬如砂鍋，目睹滾燙的開水我比較相信病菌會被消滅，才能放心地食用。

此刻，我懷中的小紅像隻玩具大熊，強壯但不傷人，且有些許柔軟，我親親他的額頭，她露出稚氣的笑容，繼續緊抱著我。難道這是助長氣氛的錯誤動作，我剛開始後悔時已來不及了，要脫身更難了。索性我端詳起她的面容，表面樍較常人更為遼闊些的她，其實五官有其細緻之處，就像沙漠的綠洲一般，就因為是點綴，所以特別顯得珍貴。而其慈祥和藹之處，也顯出菩薩一般的光輝，她雙眼凝視著我，絲毫沒有懼怕的意思，反倒讓我覺得很坦然。我不禁地輕啜了一下她的唇，啤酒的冰冷仍舊停留在上面，她還調皮地問我什麼味道，我說，「冷冷的！」。「噢！」，她再度發出略微失望的口吻，又再度企圖抱緊我，但這次被我趁機掙脫了。我作勢要離去。

她竟挑釁地說，「只有這樣阿？」

「哪樣？」

「你的吻只有這樣阿？我還以為會很特別。」

這句話似乎刺傷了我的自尊，我好像為了證明自己實力是頂尖的選手一樣，立即主動將她重新抱滿懷，並且給她一個很深很深的吻，但仍不是法國式，沒有用舌頭侵入她的口腔，以便保有兄妹之間的些許純淨。這一次是我企圖讓她窒息，她好像觸電一般地攤在床沿上，喃喃自語地說，「我怎麼可以做這種事？」，這時，我已在門邊並準備開門，我沒聽清楚遂隨口問了一句，「你說什麼？」。她似乎並非為了回答我，而是接連地喃喃自語，「我怎麼可以做這種事？」。

這一次我聽得清楚，氣氛從曖昧轉變成懊悔，我更加確信地轉身開門離開。回到自己的寢室後，沒多想什麼，倒頭就睡。心想，「我大概也有點醉了吧！」。

隔天到教室上課，我先到了。小紅遲遲在上課前才進教室，不知道是不是刻意，她選擇離我較遠的位置坐。一天的上課，精神有點恍恍惚惚，我跟小紅幾乎沒說上幾句話，如果有，也是在人群裡面，跟大夥兒一起，我話本來就不多，今天就更少了。而小紅則幾乎是異於平常地寂靜。我想到一部德國電影「走出寂靜」，片中吹豎笛的少女，父母皆失聰，他必須用文字描寫下雪的聲音讓父母體會，此刻，南方的十二月，氣溫雖冷但不足以下雪，我跟小紅的世界彷彿下著雪，但那個聲音只有我跟他聽得到，其他人都失聰了，但我倆聽著雪的聲音究竟心情是如何，好像也只有自己能夠體會，不但旁人無從得知，連彼此都隔著很遠的距離來聽著雪的聲音，如果不是一個在北極，一個在南極，那至少一個是在北半球，另一個則在南半球。

黑夜彷彿使得人更能聽見內心的聲音，或者更能聽懂別人內心的聲音。晚上十點左右，吃完晚飯，把當天的功課簡單複習一遍之後，又到了上網聊QQ，看看別人QQ空間寫些什麼的時候了。

我很早就有寫東西的習慣了，大約從國中開始吧！由於國中時的國文老師很懂得如何啟發學生，使得我對國文特別感興趣。他也鼓勵我們要寫日記，以便訓練自己的文筆，我後來喜歡上寫作，以及出社會後第一份正式的工作是去當記者，跟這段成長歷程都有很深的淵源。可見人的青少年時期，環境給予的刺激會產生多麼長遠的影響阿。我對生物、物理也很感興趣，但我沒有選擇唸醫，當然一方面是因為自覺考不上醫學院，但就算如此，我還是可以選擇唸生物。或者去唸理工科，成為科技新貴。但我都沒有，可說是拜這位老師之賜。

以前寫日記的習慣，自從前幾年出現部落格之後，獲得某種形式的延續。但部落格仍有國度及地域的差別，過了海峽，到了對岸，人們常用的網誌便有完全不同的虛擬空間來承載。我剛進這所大學時，便有不少同學跟我要QQ的帳號，我以前申請過，後來忘了帳號密碼了，前年又申請了一次，還是因為不常用而遺失帳號密碼，但這次我沒有再遺失了，因為我幾乎每天都在使用，為了跟同學交流聯誼，甚至只是交換一些上課最基本的資訊，譬如講義等等，都必須使用群組來聯絡，也因為如此，每天上QQ幾乎已經變成例行公事了。誰不用QQ呢？

我也把以前在島嶼那頭寫的部落格文章通通複製到這裡來，但立即成為一個很奇怪的異類，但似乎又具有某種不同的文明質素，令人稱羨的一些生活方式，譬如多次到國外旅行等。但是，那是我出社會之後所擁有的休假以及靠勞力換取薪資的精神報酬，我不覺得那是奢侈，但對他們而言，至少是多數的同學而言，是奢侈或者至少是享受的代名詞。

今天晚上，登錄QQ的過程中，心情有點複雜，如果遇到小紅會不會很尷尬，在人群中彼此可以採取適當距離來化解，旁人也沒有發覺。但此刻，在網路上的即將相遇，即便他可能身在百公尺外的另一棟宿舍，但仍會心跳加速，砰砰作響，清晰可聞。按下滑鼠，等候視窗浮現前，總有一隻礙事的企鵝在那裡游移不定，仿若南極突然又有大塊如陸地的浮冰脫離，阻塞其覓食的航道，讓它躊躇不前，不知道如何才能到達原本他熟悉的彼岸。

QQ總有一種朋友出現對話的視窗時伴隨著的咕咕聲響，每晚在宿舍裡面總是此起彼落，不知道是不是戀人之間的絮語，或者也有可能是與家人之間的談話，父母親的關心，叨叨絮絮不停地關注著飲食起居、課業進展等等，隨著吱吱作響讓人感受到溫暖。研究生裡面不少人都已成婚，背負著家庭遠道來此求學，必須經常關注家裡，盡一份為人夫、為人妻的職責，或者與家中唯一的孩子視訊聊天，解解思家之苦。

但我都不是，父親早逝，母親不識字，唯一聯繫的管道是國際長途電話，但也不可能常打。至於妻子，則已離異，未留下子女。與女友的關係斷斷續續，宛若游絲，唸英文系的她多次告誡我，「out of sight, out of mind.」我到此海峽彼岸遙遠的國度，我跟他之間的感情僅能靠兩三天一通的短訊來維繫，而我也不擅長用電子情書來抒發自己的情感，或者應該說我也很難理解或解釋對他的情感。此外，這個我最近常用，跟同學聯繫感情的QQ，在那邊的島嶼上並不流行，他也沒必要下載甚至使用，唯一可能對話的人應該是我，而我常常對她沒話說。

今天晚上的難題，是如何面對小紅。面對電腦螢幕，我都可以感覺到自己故作鎮定的樣子。我向來把聲音關掉，避免那種此起彼落的聲響讓隔壁寢室的鄰居知悉我在聊天，而且我聊天的時間已近子時凌晨，不想吵到別人。

閃閃一亮一亮的是聊天的視窗出現了。我先點閱了經濟學院研究生那個群組，每個游標都附有一張張小小的照片以供辨認，無奈，群組沒啥新鮮事可聊。我硬著頭皮點閱小紅的游標，隨即先給他一個笑臉的表情圖案，不久，他也回我一個笑臉，這使我安心很多，我簡單問候他一聲，今天好嗎？他的回答是，你說呢？我心想，我哪知道呢？女人心，海底針。他也問我，那你今天好不好？我回答，還行。她說，那就好。我們隨即陷入很長的沉默，我也沒有仔細去看時間，由於面對螢幕而不需要真正面對彼此，此種沉默倒不顯得尷尬。我把音樂打開，試圖幫自己化解一些沉悶，她終於傳了一個訊息。

「大哥，難道那個吻對你來講沒什麼嗎？」

「也不能說沒什麼。」

「那你為何都沒有表示呢？」

我心想，「我要表示什麼呢？」

一陣短暫的沉默之後，我寫了。

「可是你已經有男朋友了！」

「大哥，那如果我沒有男朋友呢？」

「這是一個假設性的問題，事實是你有男朋友了！」

「好吧！我承認自己這樣做也有不對，但難道你都沒有感覺嗎？」

我猶豫了半晌，只得承認，「我是有喜歡你，但也僅止於喜歡。」

「喜歡就能對一個女生做這種事嗎？」

「我是情不自禁，何況你……」

「我承認我沒有拒絕你……」

又繼續沉默了一段時間。

「所以，你還是大哥，我還是小紅。」

我打了一個字，「嗯。」

「好吧！大哥，晚安。」

「小紅，晚安。」

一個棘手的情愫似乎平息了。在這個島嶼已經入冬的深夜裡，跟海對岸的島嶼一樣，氣候只能說涼爽，沒有寒冷。我覺得這種可以用恬靜如水來形容的夜晚，讓我感覺特別舒暢，沒有懊熱逼人的暑氣，而嚴寒仍然停留在北方的沙漠。一夜沉沉睡去。

我原本在海峽彼岸島嶼的T城市工作，在一家基金會任職，辭去工作來到這裡唸書。而基金會新任執行長經常到這裡造訪，他曾經擔任過島國的農業部長，最近被對岸聘任為島國在此進行農業投資十五個園區的總顧問。因此，地位頗為崇高。每回他來造訪，我都會盡力抽空陪同，這次他是來隔壁的城市參加花卉博覽會。

由於他過去擔任過部長，所以我都以部長相稱，孫部長是位慈祥和藹的長者，他的夫人也是。所以，陪同的任務與過程並不辛苦，由於他的地位本來就不同，加上對岸近年來不斷拉攏島國人士來此投資，因此花卉博覽會期間，除了早餐比較清淡之外。每餐都是山珍海味，原本吃得津津有味，到了後面幾餐，除了擔心發胖不健康之外，也覺得過於油膩，想要吃點清淡的食物了。

花卉博覽會開幕儀式熱鬧非凡，對岸來了許多達官顯貴，也有一個號稱民間團體的社團舉辦研討會。我臨去參加花卉博覽會前給小紅發了一封簡訊，希望他幫我留意一下學校裡面有無發生任何狀況，以免我學業受到影響。其實我唸經濟系本來就唸得很吃力，加上要常常抽空去接待孫部長來，以及相關雜務，就讓我忙得不可開交。

話說孫部長來鷺島期間都會有一名康總陪同，這位康總透過網路籌辦了一份以海峽兩岸農業發展為主題的網路媒體及網站，辦得也有聲有色，頗具規模。其中一項極為重要的業務便是幫助對岸的地方鄉鎮等辦理招商工作。由於長期跟島國來此投資的人接觸，他建立了不少商界的人際網絡，因此，其招商的範圍不僅止於農業，其實已經擴展至商業、工業及服務業等，其實廣義的現代農業本來就包括了傳統的農業，即生產，而且包含運輸，以及食品加工業，食品加工業也擴及生物科技的發展，算是高科技業。此外，還有農產品的展示及銷售等，又屬於服務業。至於農業轉型成為觀光休閑遊憩之用，則是屬於休閒旅遊業，也是在廣義的服務業的範疇裡面。如此，康總所能擴及的範圍相當廣，而孫部長原本就很積極要把島國過去他任內曾積極推動的現代農業引進對岸，幫助對岸推展農業現代化，建立現代農業，以便農村能夠更為富庶繁榮。我自從陪同孫部長參與過幾次活動之後，康總知道我在台灣擔任過基金會的執行長，便對我相當熱絡，也積極拉攏我去參加過不少次的對岸招商會。我雖然告訴康總我並非生意人，去參加招商會是否有點掛羊頭賣狗肉，但康總說我的資格符合，而我則是希望能夠了解對岸的產業發展狀況，自然對於農業相關領域如加工業、生物科技業及旅遊觀光業等也不排斥，這樣我也就在半推半就之下參加了不少次的招商會。

漳州位於鷺島南方，島國有不少人先祖是來自這裡的移民。這裡的區域發展及產業係以農業及相關產業為主，市花是水仙，據說以前產量居對岸全國之冠，盛極一時，但後來因為產量過剩而開始衰頹，對岸雖然是一個政府主導發展的經濟型態，但各地方政府之間競相發展經濟，爭逐著拿出亮眼成績單以便能夠升官發財，而公有的土地則變成這些官員手中最有利的籌碼之一，看起來是可以取之不盡、用之不竭，但事實上土地的污染或者養分枯竭所造成的傷害卻是全面性的。此外，這裡的勞動力也很廉價，每年大批不斷從農村湧向城市的農民工，用他們廉價的青春、血汗來供養這些城市的成長茁壯，但這裡的富庶終究不屬於他們，也許是屬於當地的國企高幹，也許是屬於來自世界各國不同的企業與富商，還有可能是屬於來自島國的投資者。這裡上演的是另一種金錢遊戲，有別於紐約、東京或者倫敦，這裡的莊家是政府，賭客是外國企業，而人民永遠都是輸家。

但漳州的農民仍是淳樸的，跟島國的農民一樣，且樂觀積極地勞動著。並且，至少在物質生活上已經有些改善，挾著沿海城市發展的列車，鷺島的繁榮也帶動這裡的經濟。這裡生產的農產品幾乎都供應鷺島的所需，而農產品也就因此具備了基本的市場。

我從漳州回來後，跟小紅的關係回復跟以往一樣有說有笑，在人群裡面也不再顯得尷尬。而小紅一向在我們這幾個男生裡面顯得相對地突出特別，不但，我喜歡她的直爽開朗，西安也與他十分投合，常常自稱爺們，一群人在學校裡面經常成群結伍，在經濟學院裡面也傳開了，大家都知道有四男一女的小團體經常聚會喝酒，倒有點像酒肉朋友了。

而幾次聚會喝酒玩樂之際，我都儘量避開我不擅長的白酒，而建議改喝啤酒。由於我較為年長，眾人也都配合，但此舉卻使得小紅經常不勝酒力。啤酒不易醉，可以狂飲，此舉符合我們原本聚會就想達到的狂歡放肆作樂的目的，加上我們經常透過玩骰子來助酒性，更是使得喝完的啤酒瓶數量不斷攀升而達到歷史新高。而小紅由於個性使然，在喝酒這方面也都巾幗不讓鬚眉，往往酒酣耳熱之後，他就會開始有點不醒人事。但他碩大的身軀不是我能攙扶，此時最強壯的西安往往就是能夠攙扶得動他的人，因此，西安對於小紅的某些動作實在是有點親暱，但也可以視為是哥兒們的不忌諱。譬如西安會把手從小紅的腋窩下穿過從背後抱住她並肩前行，小紅自己意識清醒時也會告訴我，他不喜歡西安對他做這些動作，因為西安的手會很容易碰到他的乳房，但那時候他已經無力去掙脫反抗，只能嘴裡不斷抱怨，希望我下次不要讓西安來攙扶他，但我實在愛莫能助。

以一個男人的直覺，其實我不敢保證西安完全是無心之舉。尤其是在酒後那種慾望容易高張的氣氛之下，但西安自己的說法是說，對女人就是要這樣！所以，有時候會看見西安挾持著小紅前行，小紅幾次屢欲掙脫，卻掙脫不了的景象。但這段路程的最後目的地限制了西安有任何進一步妄想的可能，因為我跟小紅要回手庭，他們則是回凌雲，而小紅的抱怨往往就是從我們二人跟三名男子道別，兩人一起並肩回手庭開始，小紅難免都會抱怨一下，覺得西安對他的舉止有時候不太像是爺們那種感覺而已。不過，還好，她也說了，反正他也不可能扶我回宿舍，有大哥陪我，我就比較放心。我心想，是這樣嗎？有一回，應該就是去唱KTV完的時候，由於我也醉了，當我們五人分別要搭計程車回宿舍時，西安則要求廬山與浩特陪我，然後他要陪小紅回去，但廬山突然覺得這樣很奇怪，質疑說不是應該大哥跟小紅一輛才對嗎？西安才未再堅持。當然，那一夜，是小紅攙扶著我回到房間，而我那一夜確曾醉到不省人事，對於西安的動機為何，也不甚了了。

在鷺島求學的這半年，我幾次回去島國之外，五月也會來看我，用他的說法是這樣，雖然我們的感情很平淡，但彼此需要，且他想來這裡觀光，據說這裡是個風光秀麗的島嶼，我覺得風景秀麗這倒是沒錯，此外，我也同意我們彼此互相需要，在某方面。

所以，他來過鷺島這幾次，我們不免經常在酒店房間裡面翻雲覆雨，尤其是經常一進房間就是一陣激情，然後，等兩個人累了後，倒頭就睡，睡醒時仍舊繼續填滿未被滿足的慾望之深淵，直到暫時性的止渴後，才會想到另外一種的口腹之欲，不過，這時候對她跟我而言，口腹之欲已經很次要了。

每當五月來的時候，就是我暫時脫離這四男一女的五人飲食男女組合之際。當然他們興致可能會稍減，不過，卻不致於完全消失。而我則是尋求另一種滿足之後，回到學校則是令他們覺得我略有不同，用小紅的說法是，大哥你變清瘦了，怎麼好像瘦了一圈，我想應該是夜夜春宵，加上常常廢寢忘食吧！不過，這至少給他們一個找我去飲酒作樂的藉口。

日子過得很快，記得有一天冬至就來了！我們晚上本該去上課，但小紅說他不去了，因為我白天就嚷嚷著冬至應該要去吃湯圓，小紅要浩特陪著他去超市買湯圓，浩特買好之後，仍舊來上課，但小紅留在宿舍煮湯圓，並囑咐我們下課後立馬到他宿舍去吃湯圓。我們果真不耽擱，那一天記得上的是高等微觀經濟學，原本廬山與浩特兩人是最喜歡下課留下問老師問題，豈料那天二話不說就要走了。連老師都驚訝地問說，「你們兩個沒問題？」我們也誠實回答，「對阿，老師，今天是冬至，我們要去宿舍吃湯圓」，「去哪裡吃？」，「我們有個同學已經煮好了等我們去呢！」。一向喜歡解題的老師這次也似乎在解題般窮追猛打，「那個同學？」我們猶豫了一下，只好老實答說是小紅，老師回想了一下，正當回想之際，廬山補充說就是那個高高壯壯的女生，老師立即想起來，並說「那他不是翹課嗎？」我們四個人都不敢接這個問題。不過，老師只是笑笑說，「去吃吧！」四人臨去之際還不忘問說，「老師要不要一起去？」只見他面帶微笑，揮揮手。

我們四人火速到達小紅的宿舍房間，這也是他們其他三人第一次到小紅的房間。三個大男生顯得有點興奮，但這氣氛很像家庭聚會，因此，這興奮倒也沒有沾染到什麼情色的成分。反而是因為只有湯圓沒有酒，我們五人這次的聚會相當溫馨，小紅不忘問我，「大哥有沒有覺得滿意？」，我頻頻點頭，是阿，出門在外的遊子，能夠在外地吃到湯圓，確實很溫馨，我答說，

「有家的感覺！」，其他三人立即哄堂大笑。小紅此刻卻是漲紅了臉，而我也不解其意。小紅趕緊打圓場說，「對，大哥是大哥，我是小妹，我們是一家人。」

一家人的感覺是很好，我也頗為眷戀著。

不久，農業網的康總又約我去參加一個投資說明會了，我還是應允參加了！晚宴席間，認識了鷺島文化局的局長，席間他介紹了不少鷺島的文化產業，包括在文化中心持續不斷上演且頗獲好評的閩南神韻，我當下就覺得興趣濃厚，並向局長索取兩張門票，希望能夠前往觀賞，這局長也相當熱情，他大概以為我是要來投資的吧！就馬上吩咐秘書幫我準備了兩張門票。

我隔天中午吃飯才拿到門票，而場次剛好又是那天晚上的，準時七點開始，吃完午飯已經一點多了，只剩下大約六個小時不到的時間可以約人了。如果是不太熟的人，這樣約人真的很沒禮貌，左想右想，只有飲食男女五人組比較適合，夠熟不失禮。但那三個大男生向來對藝術不感興趣，此外，他們也沒啥藝術細胞，找他們來真的有點浪費，且我也只有兩張票，不可能邀這三個大男人。只有小紅似乎還能有點反饋給我，至少找個女生陪，氣氛上比較對稱一些，但經歷過上次親吻事件後，其實我有點擔心並避免跟他在晚上獨處。他已經有男朋友了，如果兩人晚上再獨處，很容易會出事。

但我又似乎沒有更好的選擇了，且也不想獨自前往，我只好先硬著頭皮傳了幾通短訊給認識的女同學或學妹，沒想到大家都表示有事或沒興趣，我覺得應該是時間太趕，收到短訊的人顯然會感覺對方很沒誠意，或者只是去當墊背的，但事實上不是，但我無法解釋那麼多，最後我只好傳短訊給小紅了。沒想到他很快就給我回應。

我去參加投資說明會期間，通常都會住在主辦單位安排的酒店裡面，而不在宿舍。否則，我就可以跟小紅一起從宿舍出發了，而她說她也不在宿舍，我們兩人相約在文化中心碰面，那裡我也沒去過，我打車等了很久，那剛好是下車時間，鷺島雖然人口不多，但島更小，都市發展相當快速，跟其他城市一樣，下班時間容易堵車，我到的時候，小紅已經到了，基於禮儀，我穿著西裝打著領帶，倒不是刻意，而是白天參加投資說明會就是這樣的打扮，沒有刻意，也沒必要晚上再換裝。

閩南神韻的表演當中，以惠安女的造型最令我印象深刻，那些婀娜多姿的身影，像極了一株株隨浪潮搖擺腰肢的海藻，令人神魂顛倒。我極力地不讓小紅發現我的沉醉，不過，他也似乎頗為專注地欣賞著。表演結束後，我起身離去，小紅竟被一位身著套裝的工作人員攔住，我停步等待，那位女子與小紅一同趨前，小紅問我，「大哥，她想了解一下我們的看法。」我想了一下，那位套裝女子接著說，「總監吩咐說你們是局長的貴賓，希望你們提供意見」，我一時之間也想不起來要說什麼，便回答很不錯阿，我剛進場時，劇場總監曾給我一張名片，我便表示，「我有總監電話，會再打電話跟他聯繫，謝謝。」我們便轉身離開。

員簹湖　月色

我們沿著湖濱東路往南走，途經員簹湖，夜色在湖中特別美，因為種種的霓虹夜燈均會或多或少以各式各樣的形式及顏色倒映在湖面，而此倒影甚至由於微風波動以及眾影匯聚的效果，仿似一場燈光倒影秀，因而增加其丰姿與艷彩。這湖原是個海灣，其出海口被填土縮限，僅留一個閘口控制水量，因而成湖，湖中心有島，稱為白鷺洲。當然不是「長安不見使人愁」裡面的二水中分白鷺洲。但鷺島由於這個湖卻憑添更多采多姿的夜色，湖四周的倒影由於燈光迥異而各自不同，正如古詩所言，「不識員簹真面目，只緣身在此湖中。」，我與小紅信步而走，如水的夜色稍稍沁涼，不自覺地萌發浪漫的氣息。

回到我寄宿的旅館雖有段距離，但觀賞完閩南神韻後的氣氛適合在夜半的員簹湖畔散步。湖濱東路分隔島上植有綠樹，綠樹阻隔了視線，也使得對面的街景更具有朦朧美。我們過橋之後，對面的街景慢慢映現一家家的餐廳、咖啡館、Pub等，晚上快十點了，卻正是華燈初上的時刻，這裡顯然是個過夜生活的地方。也引發了我內心蘊含潛藏的某種生活因子。我無意間瞥見咖啡、音樂這兩個字，似乎就是一種關鍵字，令我完全無法抗拒的魅力，好像在逛書店時看見張愛玲、村上春樹或米蘭昆德拉的名字，必定會把書拿起來把玩一番，即便只是評論也罷。

我跟小紅說，我想過街去看看，掩不住的興奮表情，小紅也察覺了，她當然不會毀了我的興致。過街後發現是一家音樂咖啡館，光是這音樂加咖啡四個字的組合就具備足夠的魅力了。我向門口的服務員簡單地詢問了一下時段與價位，覺得晚上十點以後來比較划算，就轉身離去。小紅說，大哥準備約別人來？我立即知曉小紅話中的含意，如果我想來，為何不現在就跟他一起進去呢？既然現在這個時段消費價位最划算。我敏捷地回應說，今天太累了，看表演還是需要花心思的，下次吧！小紅接著說，大哥看表演還這麼認真，需要花心思呢？我笑笑說，是阿，因為看完需要給對方意見阿！這小妮子雖然身軀碩大但卻心思細膩，我回答說需要給對方意見也是事實。小紅又說了，大哥事先就知道必須給對方意見嗎？我還是微笑地回答說，當初跟對方要門票就事先可以預料了，不可能只是白看一場表演，我這話倒也有幾分事實，文化局長慷慨地答應給我門票時也表示，希望能夠找到人願意投資，或者提供劇本，因為再好的表演劇本，三個月之後就必須更替，否則觀光客可能就會覺得缺乏新意了，屆時票房會越賣越差。我覺得局長這話應該是經驗之談，是實際營運之後的心得，不是空話。而我當初曾邀約家住鷺島的研究生同學王薇，王薇確實興趣缺缺地表示，這表演很有名，但他沒興趣，自己住在這個地方，對於這種地方特色的演出實在不感興趣，應該是一個很好的註腳。

我當下就跟小紅說，「我確實很想來」，小紅說從我臉上的表情讀得出來。

我跟她說，「改天再一起來！」

小紅話中有話地說，「是跟我嗎？你可以約別人阿！」

「約誰？西安、浩特、廬山？」

「對阿！我們平常不都是五個人一起行動，今天怎麼只約我？」

「我只有兩張票。這票是免費的，不可能多要，人家給兩張我就只能約一個人。」

「那你可以約其他人阿」，並又舉那三個大男生當例了。

「這聽起來越來越像情侶在鬥嘴了」。我如此想也如此說出來。
小紅突然自己也覺得不好意思起來，雖然夜色闇黑，我都似乎可以看出他兩頰的緋紅。
我們沉默了一會兒。
我又補充了一句，「下次再一起來吧！」
「只要你記得就好！」（這話是提醒我不得毀約）
這一夜倒是相安無事，我們走到旅館後，我先回房間去拿東西，小紅在大堂等待，然後我們一起搭計程車回宿舍，我滿手都是雜物，他則沒喝醉，我沒任何理由去他房間，倒是他很熱心地幫我拿到房間裡面，然後轉身離去。
我沒有爽約，也沒有理由爽約。既然如此，不如趁早。我隔天就約了小紅去那家音樂咖啡館，咖啡味道普通，較之一般超商的城市咖啡來說，水準差不多。音樂是請一些素人來現場演唱，並非專業歌手，除了年輕貌美之外，歌聲只能用平淡來形容，所幸歌聲只是陪襯，而咖啡還有點水平，現場演唱中場，會播放一些音樂，還覺得比較悅耳些。既然是十點以後的時段，便有不少客人會點酒來喝，並且時有客人香煙裊裊，小紅抽菸，壓力大時煙癮會變大。但這一夜他既不喝酒，也不抽菸，原因為何，我問他，他說既然沒壓力，何必抽菸，至於喝酒嗎？他笑笑說，還是別喝的好！我當然更沒有理由喝酒囉，至於香菸，倒是隱隱約約有一股想要抽的慾望。我問小紅說，如果我跟隔壁的年輕女子借煙，你覺得他會給我嗎？小紅笑笑說不知道，我立即起身，大膽向身後那一桌年輕女子走過去，並很有禮貌地問她，是否能給我一根菸，那位年輕女子自己正在吞雲吐霧，她很爽快地立即遞給我一根菸，我並向她說我沒火，年輕女子拿起打火機熟練地幫我點燃，我轉身面向小紅，不自覺地露出勝利的微笑，刻意地表現出一種中年男子的驕傲。然後回到原座坐下。

我們聊到小紅的感情，她對現任男友張晨言語之中透露出些許不滿，但這些不滿竟不是因為張晨對待她的方式不夠周到體貼，而是張晨在小紅家中發生變故時似乎無法給予小紅足夠的支持，這種支持顯然不只是情感上，或者應該說不是小紅最迫切渴望的。

我問小紅，那你覺得你需要的是什麼呢？

她說，她需要的是一個能夠幫她解決問題的男人。

什麼樣的男人。

小紅陷入短暫地沉默。

她開始回憶大學生活，並告訴我，其實她跟張晨在學校是神仙眷侶，雖然她長得不是特別漂亮，但張晨始終對她體貼入微，對她照顧也無微不至。

「這我就更不懂了。那他到底那裡不好呢？」

小紅顯然覺得一下子很難說得清楚。

突然她話鋒一轉，說「他要是像大哥你就好了。」

噢。我說，「你的意思是說他的社會經驗不夠嗎？」

小紅點點頭。

「可是，他跟你是同學，你們一起在學校唸書，直到你唸研究所，他才有機會到社會上工作，他的社會經驗不足是很正常的。」我這樣解釋自己也覺得很合理。

「對，沒錯。」小紅表示。「我以前在學校完全沒感覺，因為他很真的很體貼，會幫我把所有事情處理得服服貼貼，完全不需要我操心。」

「嗯，而且你家裡的事情，他要介入也不太容易吧！」

「你不懂，大哥！是我的男人就要幫我，尤其是家裡的事情！」

這句話透露些這些家裡的事情對小紅來講非比尋常。

「嗯，我點點頭」，裝出能夠會意的樣子。事實上，我確實不清楚，也只有小紅自己最了解。

一根菸很快地就被我抽完了，而我們的談話似乎還無法很快地結束呢。小紅突然也想抽菸了，他的菸癮本就不小。

我說，「你要抽的話自己買。」

「買就買，我又不是買不起。」

「呵呵，我知道，好啦，我們今天就不抽菸了，可以嗎？」

小紅有點不情願地說，「為何大哥你可以抽，我就不行。」

「我是為你好，為你的健康著想。」

「那你的健康呢？」

「我無所謂」，他笑笑，大概是覺得我想出一個很爛卻讓人覺得有點溫馨的藉口。

這一夜，我們喝得是咖啡，聊得是感情及家庭，我只知道小紅家裡發生過一些事情，長輩之間的爭執，父親受到姑姑的欺侮，因此，他很替父親抱不平，但姑姑的男人很有社會地位，在外面很吃得開，他父親只是個工人，無法跟姑姑抗衡，只能吃悶虧，小紅心裡很氣，甚至說出「他寧願賣身也願意」，只想幫父親出一口氣，但偏偏張晨的家庭背景雖然不差，但也只能算小康，不是有錢有勢的人家，無法幫上忙。不過，我對於小紅說出「寧願賣身」這句話有點詫異，畢竟她都唸到研究所，何苦這樣作賤自己？我們唸的這所大學，在全國排名也不差，經濟學院某些專業甚至都是全國前幾名的志願。如果好好努力，前途應該算是光明。不過，既然她不願多談，我也不想多問，至少我完成了我的承諾，我邀請她來這家音樂咖啡館，並未食言。這一夜，我們在凌晨時分回到宿舍，互道晚安，回到宿舍。我心裡有種比較靜謐的感覺。覺得兩人的關係應該是恢復正常了吧！

五月傳來簡訊，問我何時來鷺島探望我比較好？聖誕節或者跨年，這兩個時間她都可以，而我最後選擇了聖誕，她竟又回說，我還以為你會選擇跟我跨年。我沒有再回覆，因為如果繼續爭執這個問題勢必會越演越烈，到最後又演變到無法收拾，還不如保持靜默，用五月的說詞就是冷漠，一旦我很認真地跟她討論這個問題，她又會嫌我太認真了，她有時會坦承只是希望得到我的重視罷了，而非真要爭執什麼，就像小孩吵著要糖一樣，重點是要得到那種被寵愛的感覺，而非真得要吃到糖，當然吃到糖或許也很重要，但可能僅止於入口那一瞬間吧！

就這樣，我把聖誕節假期空下來了，所以，當小紅問我要不要大家一起慶祝聖誕節時，我的答案是有朋友從海峽彼岸來探望，我必須盡地主之誼。因此，無法跟大家一起過了，小紅說如果我不在，那就不好玩了！所以乾脆就大家各過各的。而且，小紅還說，她的男友應該會在聖誕節來找她。我心想，那不就正好真的各過各的，誰也不用搭理誰。

就這樣，我上攜程網訂了一家離碼頭很近，離學校很遠的酒店。離碼頭很近，這樣方便五月一下船我們就可以直驅酒店，開始翻雲覆雨。離學校遠點，這樣避免讓其他人見到，徒增困擾。就這樣，五月來的那幾天，我們就在酒店附近閒逛，遊覽員簹湖的美景，在湖邊的咖啡館喝咖啡，五月每次來到鷺島，都是一付觀光客的模樣，處處充滿新鮮刺激，一旦發現什麼異樣，就說這個我們那裡也有吧！好似來到這裡就應該發現完全不一樣的世界，一旦發現這個野蠻的叢林竟然也存在文明的事物時，那種不可思議的表情。她忘了這裡是對岸經濟發展得最好的幾個沿海城市之一，居民的生活水平已經提升了不少，光是員簹湖畔一些高級紅酒的品酒名店，一次消費可能是當地工人好幾個月的薪水。這種奢華享受已經與海峽彼岸沒有兩樣，甚至有過之而無不及，也不是我們一般的中產階級所能享受。當然，在湖畔喝杯咖啡這種價位，我們還負擔得起。

五月喝咖啡比我還挑剔，她指名一定要Lavazza認證的才喝。還好，員簹湖畔咖啡館很多，我們逛了一圈，至少找到兩家獲得認證的咖啡館，五月一樣先表示詫異，但也慶幸不用喝來路不明的咖啡，但她還是有點擔心，一直問我咖啡館門口掛著Lavazza認證的招牌有沒有可能造假。我說，如果這家咖啡館連這個認證方式都知道，可見它挺專業的，我們應該相信它，至少它還想造假。

我知道這個理由聽起來很牽強，但海峽彼岸充斥著這種對此岸的不信任，尤其是日常生活用品及飲食，我也不想跟五月一直爭論這些，每當我們一旦爭執一個話題，往往一開頭只是星星之火，後來都變得可以燎原。所以，我後來學會了在它還是星星之火時就撲滅，以免釀成災難。雖然五月仍試圖質疑這個認證標誌的可信度，但我們已進入咖啡館了。

我倆點了咖啡，我點藍山，她要了一杯維也納，等待一段時間，端上來的香味，我不免請五月鑑定一下，是否覺得有異樣，她輕嚐了一口，不知道是故作謙虛，還是心虛，反正她就說，其實我也嚐不出來。我也嚐了一口，覺得這咖啡苦中帶甘，殘留喉韻，就算不是極品，也是上等貨色。五月笑了笑，沒多說話，露出孩童般稚嫩的笑容，這是五月可愛之處，但也恰恰好是她可恨之處。

這邏輯命題看似矛盾，但符合事實。

五月開心起來的時候，像小孩般天真無邪，令人覺得此時此刻的她，彷彿天使般純淨素樸。當然，她生氣時也像孩子一般地，毫無理性可言，既然未經啟蒙，還在蒙昧階段的孩子，如何能夠運用理智跟你討論問題，分析條理呢？如何能夠就事情的原委來加以釐清，並判明責任，或者改變自己的性格與行為模式呢？這些都是兩性專家或者感情諮詢顧問在報章雜誌經常提出的見解，理性溝通、互相尊重、溫和對待等，但這些也都是空談。運用到兩人實際的關係時，一點也派不上用場。

爭執到最後，五月總覺得我在否定她，我看她不順眼，當然，我不否認自己常常為自己辯護，把自己行為合理化或者批評她的缺點。不過，當五月提出那些說詞時，通常是因為她落於下風，如果我居於劣勢，並且坦然認錯，她倒是挺寬宏大量，但如果錯在她，而我一路追究到底，那事情就會不可收拾，所以有專家說女人是用來疼的，不是用來講道理的。這一點我同意，但壞就壞在不是每件事都可以如法泡製，因為生活上的事可以讓步，但男人一旦遇上跟工作事業有關的事情，就鮮少能夠讓步，這也是為何許多女人都會覺得男人把事業看得比她更重要，這一點是不容否認的，事實。

不過，既然聖誕節是度假期間，那任何事都跟事業無關，也不需要爭執了。

正當我們兩人準備走回酒店時，我收到一通短訊，小紅問我晚上能不能跟大家聚聚，我立即回答沒辦法，正在陪朋友度假呢！沒想到事隔沒多久，盧山又打電話來，問我有沒有空跟大家聚聚，我還是依樣回答，盧山沒多說什麼就掛電話，但掛掉之前他說了一句話讓我很納悶，是小紅姊要我打給你，問你有沒有空。我心想，小紅不是知道我要陪朋友嗎？而且她男友不是來找她嗎？她不是剛剛才傳短訊給我嗎？那又為何叫盧山再打一次呢？種種問號可能浮現在我臉上，五月盧問實答式地說，「你可以去陪同學阿，我沒關係！」我當然說不用了，五月不甘心又問，「你同學不知道你要來陪我嗎？」我說，「他們知道，或許是他們想見見你吧！但我想沒必要吧！」五月沒多說什麼，她確實不想跟我這些同學攪和在一起，她最渴望的應該還是跟我在床第之間耳鬢廝磨吧！

事實上，那幾天在酒店的生活確實也是如此，在床上做愛佔掉了我們大部分的時間。小紅沒再傳短訊，也沒有人再打電話給我。

我跟阿蔡認識沒多久，就向他承認過我以前是支持島嶼獨立的，但是我後來覺得這件事不可行，因為研究國際關係後，發現連美洲老大哥也不是真正支持獨立，兩岸處於分裂對立的狀態應該才是真正符合美洲老大哥的利益。我認為一開始就選擇誠實是一個比較好的策略，事實上也是如此。阿蔡的臉色一開始有點尷尬，但是後來他逐漸接受了我的誠實，他不但沒有因此不信任我，相反地，他對我更加信任了。

由於我的誠實，讓他對我有更多的期許，期許我可以在島嶼與對岸的關係之間扮演更重要的角色。

因此，當他獲知我將要前往國安單位任職的時候，是相當興奮且滿懷期待的。不料，他的錯誤期待造成我極大的困擾。

阿蔡在我進入國安單位任職後，每次有機會可以碰面，總是會像戶口調查一樣，詳細詢問我所有的人際關係與背景資料，讓我覺得不勝其擾。

我跟對岸的涉台單位及智庫等接觸，在政黨輪替前當然有交流與合作的遠景與期待在裡面，譬如東海和平倡議，當時，我們基金會便接受中油的委託，希望能夠在中日合作的基礎下，島嶼也能參與東海油田的開發。但是，當政黨輪替後，交流與合作的期待馬上不見了，對岸的敵意驟然增加，阿蔡對待我的方式，剩下的只有對於身家資料的調查，這並非我所期待的情報，而阿蔡顯然無法提供給我任何有用的情報。

台北今夜微冷

手機的鬧鈴九點準時響起，但我仍不想起床。起床到底是為了什麼呢？自己都很難說服自己。上班，對，在大姐跟姐夫的眼中，我是去上班。但我自己心裡很清楚，又是都市浪遊的一天。

簡單梳洗之後，我拿出自己買好的麵包，泡了一杯既溶咖啡，這就是我的早餐。吃早餐的時候順便看了電視，以便自己跟外界還有點聯繫，免得忘了自己在哪裡生活。

「我去上班了。」跟姐夫打了聲招呼，我穿上健行越野鞋出門了，因為我要從大姐家走到捷運站，大概要花四十五分鐘，現在是八月的秋天，這城市還很炎熱，從這裡走到捷運站可以出滿身汗，算是我每天上午例行的運動。對，我這個年紀，健康就是本錢。沒錢、沒工作都沒關係，但就是不能不健康，否則我這輩子就真的完蛋了。

走出這棟四層樓的公寓，我所寄居的這個小城市是大城市的衛星，而這個我要前往的大城市又是河對岸另一個更大城市的衛星。這個島嶼如果是一個太陽系，那河對岸的大城市就是太陽，捷運站的大城市則是地球，而我寄居的這個小城市則是月亮。所不同的是，月亮不是繞著地球轉，地球不是繞著太陽轉，而是月球上的人每天要往返到地球，而地球上的人則每天要往返到太陽。

公寓的對面還是公寓，公寓的後面仍然是公寓，小城市裡面的地理關係，基本上就是公寓與公寓之間的關係。每天晚上，經常可以聽到里辦公室的廣播，諸如最近衛生所提供免費流感疫苗注射、或者中秋摸彩晚會呼籲大家踴躍參加等，彷彿這仍然是一個鄉村的聚落，住戶之間以田埂相區隔，以竹林做地標，以街坊之間的流言蜚語當作飯後閒談的話題，那些張三李四，張家長李家短的對話，如今僅能殘存在越來越多的連鎖超商之外，苟延殘喘，而里辦公室的廣播此時又更具象徵意義，它公開地、正式地宣告著這種街談巷議並未完全斷絕。

我走出這個公寓的積木群，大約至少要花五分鐘。原本喜歡走馬路的我，後來逐漸找到不會有車流的巷弄之間連結，直到無法迴避的大馬路為止。

走過一段短如脖頸的通路，左邊是一大片荒地，右邊是一處加油站。奇怪的是在這個城市裡面，竟然還有一大片荒地完全未開發，不過，最近則掛滿了候選人的競選廣告。既然是荒地，大概也就不需要付錢吧！

過了這個短頸後，是一大片眷村改建的國宅，有個店面掛著外省麵的簡易招牌，白色的壓克力上面寫著三個楷書體的紅字，老板娘操著台語口音的北京話，雖然門可羅雀，但每天依然照常開店。

大學時，系上的一位學姊，就住在這附近，有一回，我跟她說，我從南部上來這裡唸書，中秋端午等節日得自己過，他就很慷慨地邀請我到他家作客，他家是這附近的一處眷村，父親是外省人，母親是本省人，卻做得一手道地的湖南菜，她說那是爸爸教的，但媽媽後來做的比父親做的更好吃，每回看到外省麵這種招牌，我會先想到她，還有她媽媽燒得一手好吃的湖南菜。

走過這處眷村，會到達一個社區公園，公園裡面經常有不少年輕的歐巴桑、歐里桑在跳著交際舞，所謂交際舞就是指華爾茲、探戈、吉露巴、倫巴等等舞步，至於為何叫做交際舞，我也不知道，也有人說這叫做社交舞。大概是有社交的意味吧！但這個社交也許會有悲慘的結局發生，以前當記者的時候，曾經跑過一條社會新聞，一對中年男女因為爬山而結識發生婚外情，結果被女方的老公發現，兩人幽會時被老公當場抓姦，拿出預藏的尖刀把兩人殺了，血流滿地，地面一片暗紅色，勘查現場的刑警說，這厚厚的一片淤血大概要清理好幾天才能洗得乾淨。而殺人的老公過幾天後被人發現，在附近一處水庫湖面旁邊，坐在駕駛座上，一氧化碳中毒死亡，旁邊留有遺書，警方研判他殺人後開車到這裡，把車窗緊閉，用汽車廢氣自殺身亡，以往這種事件都是意外，喝醉酒的駕駛路邊停車，但沒有把引擎熄火，因吸入大量一氧化碳，缺氧死亡，但現在已經變成了一種自殺的方法，且越來有越多人模仿。

公園內的社交舞可謂平民化，音樂由簡單廉價的手提式音響提供，隨著MP4等數位化音樂的崛起，卡帶及CD等逐漸成為歷史名詞，以後的年輕人或許要到音樂博物館才能找到這些放送音樂的工具。但在這裡它仍然可以派上用場，且樂音悠揚，至少可以陪伴這些白髮斑斑的舞者翩翩起舞，追索一些年少輕狂的丰姿，醞釀一些曖昧纏綿的情愫。但故事如何上演，如何結束，我並不清楚，我也還沒到那個必須放棄追求卓越的年齡，加上翩翩舞姿並不優美，就讓我輕易能夠區隔並非我的族群。

馬路突然變寬，也突然變直。但竟似一段奇蹟般地出現，又旋即消失在那個盡頭，又變成了一段狹窄的通道。這個城市的居民，如同河此岸的其他城市一般，多數來自島嶼的其他地區，尤其是通稱「下港人」（意指南部來的人），而使得城市的發展、成長，像一個穿不下去年衣服的青春期少年一般，突兀恰恰好就是成長的痕跡，突如其來的豪奢壯闊，轉瞬消逝在街角，但也無須訝異。品味亦然，乍現的高貴質感，往往也是流星般的點綴。

我逐漸進入熱鬧的街區，這裡原本是後站，自從鐵路地下化之後，後站鬧區還在，但車站已不在，遷徙到距此步行約十分鐘之處，我之所以如此熟悉，並能精確地計算時間，是因為經常步行前往那個新的車站，而這裡仍然有捷運可以搭乘。

為何要大老遠搭乘捷運到河彼岸的那個書店去呢？這裡其實也有同樣一家書店阿，至少書店的名稱是相同的，我只能說氣氛不同吧！因為整體的建築與空間設計就已經有很大的差異了，同樣的書店，河彼岸位於東區的那家，有五層樓的建物完全做為書店本體在營運，這其中除了特大的新書到達區之外，還有滿滿的雜誌區，以前還有一整區的日文書籍專櫃，除了專業之外我還能說什麼，至於中文書籍，光是文學類就分門別類，讓你想逛也逛不完。隨便說個外文小說好了，這裡的外文小說可能只有一個區塊，方圓站不了十個人，而河彼岸東區的那家，大概可能容納一百人吧。我如果在這裡只能找到一本莒哈絲的「勞兒之劫」，在哪裡肯定可以找到整套的莒哈絲小說，如果是你，你會去哪裡逛呢？

捷運站裡面來往乘客明顯稀少，不會有人排隊等著通過刷卡區，也不會有人擠在電扶梯上，讓你很難從左側通行。每回這種牽扯到左右的聯想，都足以讓過往的一些友人掉了滿地的書袋，或者自以為在英國倫敦的海德公園，開始大發厥辭起來，「這裡沒有左派，至少沒有真正的左派，也許以前有，但早隨著白色恐怖而消失了！至於現在有的，全都是形左實右的機會主義者。」

（言猶在耳，過去曾經把這件事情當做是全人類未來的命運來思考，但現在我每天想的是，今天到底要做些什麼？有工作機會這件事情顯然比機會主義重要，而質疑沒有真正左派的人如今好像在某大學任教，而且說著類似的話語。）

我搭上了捷運，這裡往河彼岸的大城市大約兩分鐘左右便有一班捷運，我習慣性地往月台盡頭走，順便可以抬頭看看最近博覽會的電視廣告。廣告做的相當精緻，我心想。前陣子這個博覽會似乎曾被批評到一文不值，類似一棵市價只要五十元結果花了五百元等誇示性的比喻，現在懂修辭學的人真的越來越多了，而且運用得淋漓盡致。不過，捷運廣告上的反擊性文宣也不賴，柔性訴求，環保、生態，都是一些目前舉世公認的價值，完全具有價值正確的意味。反正，大家說得都有道理，但雙方的道理互相矛盾這件事很沒道理。我很不解為何大姐與姐夫對於電視上的那些批評始終深信不疑，現在覺得答案其實很簡單，因為他們不搭捷運，他們只要多搭捷運，每天看這些博覽會的廣告，他們便會深信這個博覽會辦得非常好，毫無瑕疵可言，如果有的話，也是誤解。

位於大都會東區的這家書店，已經是全島連鎖的一家書店了。而位於國際著名的摩天大樓附近，其地利之便讓你可以在一樓的咖啡館就可瞻仰摩天大樓的身影。但我沒有選擇去一樓的連鎖咖啡店，雖然那個咖啡店的名氣現在已經紅透半邊天，位於捷運轉運站附近的分店經常看到有人排隊，而這家分店則是直接可以仰視摩天大樓，雖然景觀一流但價格不變，我仍然沒有選擇這裡，而直驅二樓的咖啡館。

咖啡館位於二樓書店結帳櫃檯旁，這裡仍然可以仰視摩天大樓，但我絲毫沒有興趣，過去曾有一年多的時間，上班的地點就在摩天大樓附近，每天經過都可以仰視，也經常看到很多來自海峽彼岸的遊客到廣場附近拍照。這裡對我而言，就只是上班途中的一景罷了，現在連驚奇的感覺都已經消失殆盡了，只留下一些捲雲的裝飾在摩天大樓的外牆上吸引這些彼岸的觀光客來增加島國的GDP。

今天約了五月來這裡碰面，咖啡館的大片玻璃可以清晰地看到這週遭的街景，這裡是大都會目前最為繁華的地段，附近正在興建一座新的日系百貨公司，意謂著百貨業的競爭也進入白熱化的階段。

點了一杯Regular，自己覺得有點諷刺，雖然喜歡這簡單的口味。可是我的生活其實一點都不簡單，這大半年來，從海峽彼岸的阿摩伊大學回到島國，並由島國前往北國的首府附近的大學做研究。半年以來，來來回回，已經走了三趟以上了，也就是說呈現一種等腰三角形的旅行狀態。不禁想起陳綺貞的那首歌，「旅行的意義」，「對阿，旅行到底有何意義？」如果旅行也成為一種常態之後，如果旅行之原有意義是因為打破原來生活的規律與常態，使得生活具有驚奇與刺激，那麼旅行成為常態恰恰好使得旅行失去此種效益而顯得平淡無奇。

我需了第一口咖啡，感受苦中帶甘的滋味，果然是Regular，但卻是不太平凡的Regular，如果是在每天例行地喝City Cafe的前提下，這裡的Regular便顯得不太平凡。也許，長久以來試圖追求不凡的行徑，卻是曝露了自己的庸俗與不耐。這樣想著，灰色的天空下，城市的陰暗與光明無從得知，但天上的雲朵在陽光的照射與穿透下，卻自然地呈顯出陰鬱與亮麗。

「愛情是不是也是如此？」正當在思索這個問題時，五月瘦矍的身軀逐漸映入眼簾，他穿著棉布淡褐色的長袖上衣外罩一件麻紗短袖背心，一件白色七分褲搭配涼鞋，透露這都會秋天仍然炎熱的訊息。

「你找我有事？」

「沒事，我只是想看看你罷了！」

「噢，我有什麼好看的呢？」

五月的口氣習慣性的冷漠，這就是他的表達方式。但我心裡總有一種微冷的感覺。每回這樣的對話總有一種讓我想要抽身而退的衝動。

靜默一會兒。我們離開了咖啡館。

巡視書店似乎是我們常有的散步模式，首先，書店內的空調相當怡人，不會過冷過熱，而外頭還是炎炎的秋老虎。其次，滿街汽油煙味比不上書香氣息。我們兩人因喜歡閱讀而結識，也因喜歡閱讀而逐漸成為情侶。但除了閱讀之外，我們甚少聊天，也經常缺乏話題，當然我們仍然做愛，在交往一段時間之後。不過，那另有一段隱情，現在不提。

書店的新書到達區始終光鮮亮麗，但也同樣乏善可陳，光鮮亮麗的意思是總是有新書會出版，乏善可陳的意思則是因為內容缺乏新意，很像是外表穿著不同服飾的人，可是嘴巴裡面講出幾乎一模一樣的話。當然愛情這種話題也始終有人探討，可是能夠表達出新的意涵嗎？好像很難！因而，那些類似瓊瑤小說的言情小說，以及那些被稱為是文學經典的小說戲劇往往令人有相似的感受。有時候一本日本人教你如何做ＰＰＴ的書反而令人覺得更為實用，因為言情小說以及那些所謂兩性專家所出版的書籍以及各種各樣、形形色色的建議，往往無助於解決感情所衍生的問題。

這一點，五月是完全贊同的。因此，她的閱讀大量而不細緻，對她而言，閱讀有點像是女人逛街一般，一到百貨公司逛過去，這個專櫃與那個專櫃，那些新品確實有創意，那些其實是抄襲，那些根本是舊款，她們如數家珍，就像一個大學歷史系的教授，她們對於此樣商品過往的歷史瞭若指掌，以致於能夠增添樂趣的時刻與機率甚微。但她們仍樂此不疲，彷彿如同候鳥一般，大腦裡面有一份電子地圖，自動追蹤著氣候的變化，而她們則追蹤著流行的趨勢，並且努力增加自己的購買力，但即便無法增加購買力，也必須努力增加鑑賞能力。

五月與眾不同之處，在於她對於流行趨勢的追蹤並不僅止於香水、服飾及化妝品、保養品之流，而能夠同樣適用於書籍，這正是她吸引我之處，甚至是我倆唯一的共同點。當然，某一方面，我們也都算是叛徒，政治信仰，或者更精確地來說，政治正確的叛徒。

我們有點同病相連似的在深夜裡面互相依偎，而她瘦瞿的身軀習慣性地迎合甚至渴求暴力式的侵入，彷彿這個島嶼的病毒侵入她的體內，侵入她的染色體，侵入她的基因一般。她身為外來族群的一員，至少被定義是如此，卻投靠本土政治團體的陣營。而我身為所謂的本土族群，最後卻為外來族群的政治團體效力。當然，這只是生活的一部分，也只是感情的一部分，但除此之外，我們之間卻如同沙漠一般的荒蕪、貧乏、乾涸，無窮無盡的蔓延，再多的激情，所激起的火花，腦海中也許閃過一些繽紛燦爛的顏色，但隨即幻滅，轉換為黑夜無止境的寂靜，不管是在港都，當船螺聲劃破夜空後，或者在北都，整夜的綿綿細語撩撥著情緒，我們相擁的每個夜裡，都是寂靜無聲的，深沉的寂靜。

「你沒有話要對我說嗎？」她問我，一開始我還會努力思索，設法找個話題，或者至少回答，「確實沒有啥話需要說」，但最後連這種回答都已經省略了，因為實在沒必要。由於咖啡館裡面兩人相對沉默無語，氣氛實在尷尬。雖然我們早已習慣，但為了避免波及無辜的旁人，最後都會選擇把這種沉默狀態結束，把冰冷的空氣與氛圍帶走，至少在書店的各個區塊之間遊蕩時，沒人會察覺我們之間的沉默，而當我們兩人各拾起不同的書閱讀時，也許人家還會以為我們是喜歡閱讀的一對，雖然這也是事實。

這是我最後一次與五月見面了，如今，我跟她之間只維持偶而在臉書上面看到她的照片時，按了一個讚的這種關係。但她呢？連幫我按一個讚似乎都不願意了！當然，按了一個讚又如何呢？在冬天寒流來襲的深夜裡，能為我帶來一點溫暖嗎？似乎不能，但是當我寂寞難耐時，我還是寧願有人會願意在你的塗鴉牆上按了幾個讚，即便是一個也好，代表我還生活在這個世界上，有人知道，並且給予我回應。

我不記得最後我們是怎麼離開那個書店了！反正書店總歸是書店，每天來來往往的人絡繹不絕，而情人卻可以在此聚首，在此分離，沒有人會察覺，任何人都一樣，包含這裡任何最細心的店員。也許這是我為何能夠回到這書店繼續逛的最佳理由，因為不會有人察覺有任何異樣。這也許也是我每回來這裡都誤以為我跟五月有約一樣，其實可能沒有，也不再有，也或許從來沒有。

蟄居於島嶼南方的日子，堪稱為恬靜。

可以說是「淡泊以明志、寧靜能致遠」。

隨風來不如隨風去，不如歸去、不如歸去。

我開始在自家已經略微荒廢的果園裡面植樹，以前聽陳明章唱一首歌叫做「海邊的茄苳樹」，很嚮往，因此種了一些茄苳樹，住家附近原本有兩棵非常高大的楓樹，那塊地在分家時屬於我五叔分配所得，五叔後來將地賣了，搬到梅山，楓樹後來被新的地主賣掉了，兩棵高約五層樓的楓樹消失了，等於是從我的童年記憶中消失了，我重新種植了兩棵楓樹，希望可以藉此找回童年記憶。

詩人吳晟發起植樹運動，贈送八株毛柿給我，我十分珍惜，也種在果園裡面，八棵毛柿都顯得欣欣向榮，應該可以讓詩人感到寬慰吧。

蟄居南部的日子，獲知恩師去世，葬在彰化附近的一座山上，恩師被奉為島嶼獨立運動的神，一塊橢圓形像鵝卵石的石碑上面，刻上「島嶼之神」的稱號，我看到後感覺到有些悲涼，大國夾縫之間好像沒有獨立的空間，夢想究竟只是夢想。

就像有人辦雜誌爭取百分之百的言論自由，最後在被逮捕前，被迫在雜誌社自焚以明志，我看過那座屍體，就活生生在我眼前，那個時候是半夜時分，我跟兩位友人負責整理島嶼的八十年代學生運動史，那天去雜誌社收集資料，晚上留宿在那裡，努力了很久，我還是睡不著，就起身離開了。

隔天，其中一位友人嘲笑我說，一定是我支持獨立不夠堅定，心虛，才會不敢睡在雜誌社，其實，睡在一座燒焦的屍體五公尺內的感覺並不好，跟支持不支持獨立沒有任何關係。

以前參與街頭運動的時候，也有朋友說，要參與運動，就要有必死的決心，必要時得犧牲自己的生命，也要放棄生命。我只想到我生活在島嶼南部鄉下的母親，一個叫做羌仔科小山谷的母親，在我死後，將會如何孤苦伶仃，我就會缺乏該有的道德勇氣，或許我就是不夠資格當一名可以犧牲生命的革命志士吧。

我的老家公園裡面有一座銅像，紀念一位也是為了爭取言論自由而選擇在凱達格蘭大道自焚的青年，他自焚了，為了爭取言論自由。多年後，有人認為為了紀念他，應該在公園矗立銅像，但是大部分遊客造訪公園都是為了賞花，真正知道他自焚而前往紀念他的人並不多，反倒是我這個當地人，因為散步常常從附近經過，有空會去看看他。

蟄居南部半年多，我的老師在日本留學時的好朋友，任職於總統府的國安單位，需要一位助理，便推薦我前往。我已經取得國立大學的博士學位，同時又是以日本研究為題，日本事務算是我的專長，因此，很快地就獲得老師這位朋友的認可，也就是我後來的老板。

我又從南部再度北上，但這次的北上，徹底地改變我的人生。

我的人生也到達一個從未有過的戰略高度。

新加坡，是我跟老楊、小趙最後一次出國見面的場所。

因為兩邊的大老板在這裡見面，我們無可避免地要前往做些準備工作。

眾所周知，對岸一直想要在東南亞找到一個新的航道，可以避開新加坡的控制。擺脫新加坡的控制，其實就是擺脫美洲老大哥的控制。

泰國的形狀像一隻大象，大象有一隻又長又壯的鼻子，鼻子是大象的武器，也是大象的工具。對岸花了很多功夫想要在這個鼻子上鑽個洞，變成一個航道，可以讓船舶通行。這樣子做的話，據說跟繞過麻六甲海峽比較起來，大概可以節省六千公里的航路。最重要的是，對岸的貨櫃輪、油輪，可以不用受到美洲老大哥的箝制。

說是要去克拉地峽造訪，我們還是不免要先去旅遊勝地芭達雅觀光，當然觀光的時候是各自行動，各走各的。只有聚餐時間才約定會面。

我們當然也在曼谷碰面，稍微瀏覽一下曼谷市區的繁華。

我個人在百貨公司剛好看到一個時裝發表會，對於曼谷時尚產業的發達留下深刻的印象。過去在台資企業任職時，就在文創部門待過一段時間，對於文創的東西特別敏感，那是在加入國安單位之前的事情，可見我文青的靈魂並未死去，而且是一直潛藏在我的心裡。

時裝的設計相當有創意，通常意謂這個國家對於思想言論的自由保障相對重視。我在曼谷閒逛的時候，也感受到這種活潑浪漫的氣息。

相對於曼谷在時尚產業方面的發達，芭達雅表現在自由層面是性產業的自由，尤其是步行區的夜景，充斥著情色產業，已經是芭達雅的招牌，也是所有的國際觀光客旅遊時必定參觀的地點。參觀當然不意謂著消費，畢竟我們的國家對於性相對是比較保守的，因此，對於泰國做為一個信仰佛教的國家，竟然在性方面如此開放，不免感覺到瞠目結舌。

這幾年，芭達雅步行區最著名的一道夜景大概就是俄羅斯人開的酒吧，但是在那些高挑、性感的櫥窗女郎後面，據說也隱藏著許多黑道，暴力、詐騙等現象層出不窮，因此，除了瀏覽櫥窗之外，我只能保持距離。

泰國的按摩倒是一項可以嘗試，而且在旅遊時一定要嘗試的服務，尤其是高級的精油按摩，務必要嘗試，可以令人身心舒暢。

開發克拉地峽的計畫，在泰國延宕已久，這次雖然在對岸的運作下，列為政府的施政計畫，但是到底何時動工開鑿？何時完工？尤其是完工之後，營運權屬於那個國家？我總覺得克拉地峽的計畫充滿變數。一方面這個創意其實原始構想來自日本殖民東南亞時期，大日本帝國的雄圖偉業，所以並非對岸的創意。而另外一方面，對岸宣傳這個計畫不遺餘力，未來卻是充滿不確定性。

如果當真要開鑿，老楊應該迫不及待就會約定時間前往參觀，不會在曼谷與芭達雅停留半天後，沒有安排克拉地峽的行程。克拉地峽的地緣政治變數很多，其中一個是泰南的穆斯林分離運動，如果開鑿運河會不會助長泰南的分離運動呢？泰國政府可能也要考慮很多吧。

兩位老板見面看起來是件大事，但事實上沒有達成任何新的協議。

因此，是一件沒有後續的故事，沒有續集，也沒有to be continued……

這說起來是有點感傷的，因為，這代表政黨要輪替了。也代表雙方的關係不在了。

那一天晚上，我走在獅城的黑夜裡，沒有感到懼怕，甚至沒有感到孤單。

半夜十一點左右，已經沒有地鐵了。我當然可以叫計程車，但是我並不想，我想要走在城市的黑夜裡。

我住在新加坡博物館附近的一家旅館。

離我們聚會的地點很遠，老楊他們回酒店了，我突然想要走在這個城市的黑夜裡，記憶中，我走了很遠的路，大概走了一個小時，我穿越依傍著公園的大馬路邊，偶而有幾家餐廳還透露著休息後正在打掃收拾的燈光。

這個城市的治安極好，因為城市過著一種相當規律甚至一成不變的生活。

走著走著，偶而有幾輛計程車放慢速度，等待著我的招喚，見我沒有反應後便離去。

我繼續走著，前方有一個很大的道路立體交流道，各條馬路交叉穿越，令人目不暇給。雖然車子變少了，行人還是不能隨意通行，行人必須穿越很長的通道，幾乎像是爬過一個小山頭，穿過一個小隧道，偶而遇到有晚歸的婦女，竟也不驚惶，徐步而行，而大部分時間只有我一個人獨行。

來到一處熱鬧的商業區時，時間接近午夜，有些餐廳剛剛歇業，有些還在營業，我看一下他們的營業時間表，營業到凌晨一兩點的餐廳非常少，僅有的幾家則充斥著人們嬉鬧歡笑的聲音。

一旁寬敞的大馬路上幾乎沒有車輛，可以任意穿越，我看到新加坡的總統府，在夜晚裡顯得格外寧靜，並沒有特別戒備森嚴。

繼續前行，就快要到達我所住宿的旅館，步行一個小時，在午夜裡，居住在這樣一個城市，也可以說居住在這樣一個島嶼，居住在這樣一個國家，真的是很令人安心，儘管這樣的安心也許會令人覺得無聊，但仍是安心。

永不止息的火苗

走在塞拉耶佛的街頭，立即對於這個城市充滿衝突，且又在衝突中具有和諧的氛圍而驚訝不已，就像耶路撒冷一樣。

我住宿在離拉丁橋不遠的國王飯店（Hotel President），走路沒多久就可以到達一家土耳其餐廳Konyali Ahmet Usta。我後來之所以常常選擇那家餐廳，是因為那家餐廳的老板娘特別友善。

我在塞拉耶佛待了約十天，天天走過那些街道，為的是把那些街道的街景看得清楚，最好一輩子都不要忘記，因為我知道自己不可能再來第二次了。

隔著米里雅次河，對岸就是國王清真寺，每天會有六次穆斯林禱告的時間，寺內的宣教塔會發出朗誦可蘭經的聲音將我喚醒，那個朗誦經文的聲音帶有磁性，聽起來比較像是催眠的歌曲。但我總是越聽越清醒，因為我想聽清楚經文的意思，可是我又不懂阿拉伯文或者土耳其文，以致於到最後我非常清醒且專注地聽取經文的涵義，但始終不懂他的意思。

到達塞拉耶佛的那天晚上，我便走過Gazi Husrev-beg Mosque，看到許多穆斯林男男女女，爭相進入清真寺祈禱，他們非常虔誠，進入清真寺前，會在寺外淨身，然後脫鞋進入，男女分開，以表示純潔。

再往前走，會看到四個高聳入雲端的宣教塔，即便在黑夜中仍然因為燈光的照耀而醒目，那是另一座清真寺Ferhadija Mosque。城市並未陷入黑暗中，因為許多燈光的照耀，天空像是寶石一樣閃亮的藍色，令人覺得充滿了一種屬於天方夜譚的神情。

就在這座清真寺前方約百公尺處，便可以看到聖心主教座堂Katedrala Srca Isusova，他像是一座堡壘一樣，護衛著他的信仰，在這座充滿穆斯林的城市。

他的右前方有一個露天咖啡座，即便是晚上九點多，喝咖啡的人仍然很多。我感覺塞拉耶佛是一座不夜城，夜晚的街道仍然行人絡繹不絕，我不知道他們尋求的是什麼，不知道他們是趕往清真寺，還是前往天主教堂，這座城市有時候令人迷惑，有時候令人清醒。他沒有涇渭分明，他始終把這些原本矛盾衝突的元素擺在一起，以致於我做為一個局外人，感覺到更加迷惑，或許做為局內人，他們是非常清楚的。因為街上行走的人們，除了我之外，並沒有顯出這樣的困惑。

我在天主教堂前轉彎，左轉後前行，依照我的方向感，不斷左轉的結果，應該可以回到我位於米里雅次河旁的旅館。在這裡我遇到了「塞拉耶佛玫瑰」、「塞拉耶佛玫瑰」是紀念塞拉耶佛圍城戰中陣亡公民的紀念物。它們是在戰後由砲擊城市造成的瀝青和人行道上的彈坑填滿紅色物質時形成的。他們被象徵性地命名為「塞拉耶佛玫瑰」，因為它們像一朵花瓣被撕裂的玫瑰，象徵著無辜平民的鮮血。

王兄跟我約定在此碰面，但是最後他並沒有出現。

基於何種理由，他跟我約定在此碰面。又是基於何種理由，他並未出現。

這兩個理由，他從未告知。當然，我也從未詢問。

來到塞拉耶佛，最後變成是我的決定，我的目的地，也是我的旅程，自此跟他無關了。

但是我隱約可以猜想他的意圖，塞拉耶佛圍城，是一次知名的戰役。

也許，他想跟我提醒，島嶼終將面對類似的處境，終將被圍城，只是被圍城的方式不是來自塞爾維亞的坦克車，而是來自對岸的軍艦。而歐洲國家遲遲不支援波士尼亞的命運，會不會也同樣降臨在島嶼身上呢？

那是我待在塞拉耶佛十天，天天在思考的問題。

Sebilj是一個木製的噴泉飲水台，它象徵著這個城市的公共供水系統，它也是一個廣場，經常有許多鴿子聚集，有許多人喜歡餵養鴿子，有許多穿著穆斯林傳統服飾的少女喜歡在這裡聚集。我經常在這裡駐足，我耽溺於鴿子帶來的和平象徵，也許在內戰發生期間，和平只是假象，但是在當下的街景裡面，和平卻是不可或缺的元素，就像土耳其餐廳女老板的笑容一樣，令人覺得親切。

塞拉耶佛有輕軌，也有纜車。

輕軌基本上四通八達，可以到達距離市中心比較遠的郊區，譬如著名的森林公園Park Stojčevac，這裡有一條很長的林蔭大道。

路旁有一整排的高級別墅，有些已經改裝成餐廳。在林蔭大道旁享用比薩，還有一杯黑咖啡，看著路過的觀光馬車，以及散步或者運動的人們，是我在林蔭大道散步時最大的享受。我會輕易忘記這裡所曾經經歷過的戰火的蹂躪與洗禮。我想島嶼也是如此，即便戰火終有來臨與蹂躪的一天，但也會歸於平靜，畢竟島嶼有十分之七的面積是高山與森林，那裡蘊藏豐富的生命，還有回歸自然時終將獲得的寧靜。

來到林蔭大道前，我剛剛造訪了著名的塞拉耶佛隧道，它是紀念圍城之戰的重要景點。塞爾維亞的戰車將位於山谷中的城市團團圍住，城鎮內支持塞爾維亞入侵的塞爾維亞後裔正在巷弄之間進行都市游擊戰，試圖與外國的軍隊裡應外合，造成被圍困的穆斯林政府裡外都遭到夾攻，情勢十分危急。

由於城鎮被塞爾維亞軍隊切成兩半，中間只有一個隧道互通。因此，物資及情報的傳送都依賴這個隧道進行，隧道也經常受到砲火的轟擊，因為戰火不斷，隧道內時常崩塌，需要搶修。

島嶼一旦遭到包圍，島內會不會有對岸埋伏的叛軍裡應外合，在島內進行游擊戰等，破壞重要據點，甚至佔領重要的軍事設施，我不敢想像。造訪塞拉耶佛，的確令人可以想像島嶼遭到包圍與封鎖的真實處境。

島嶼南北狹長，敵人很容易從中部切斷南北的聯繫，屆時通訊如何聯繫，如果有物資需要運輸，如何進行？島嶼的東部似乎是一個可行的通道，因為高山的阻隔，將使得敵軍進一步的侵犯較為困難。但是，東部的運輸通道經過很多山脈的阻隔，行進速度較為遲緩，不如西部平原的快速，也是一個缺點。

纜車位於城鎮的另一端。

坐上纜車，可以俯瞰整個山谷及市區中心。我在山上的步道健行時，邂逅了一位波士尼亞的女子，她已經移民到日耳曼，遇到每年年假時，偶而會回來看看自己的故鄉。

對於內戰不愉快的回憶，她不願意多提及，但是她確定自己必須離鄉背井到異國，找尋自己的自由與幸福。

她並非穆斯林，但也無法繼續留在當地生活，所有過去的傷痛顯然令她無法負荷，每天的生活都是戰鬥，必須跟過去痛苦的歷史記憶戰鬥。因而，當她移民異國，再度回到故鄉時，對於過去的一切，始終不願意回顧。她的鄉愁成為一種失去記憶的鄉愁。

我在「永恆之火」駐足，「永恆之火」燃燒著，雖然戰火已經止息。但戰火在人們心中留下無可磨滅的痕跡。

塞拉耶佛公園裡面有戰爭期間被謀殺兒童的紀念碑，本該慶祝的新生，最後卻淪落為悼念死亡，新生與死亡，形成強烈的對比。

政黨輪替後，我原本以為自己會隨著老板離開。有一天，新繼任的主管派了一名得力助理為代表做為交接的象徵，這位丁兄在北都一家位於五星級飯店裡面的著名日本料理店擺宴款待我的老板，算是相當體面。

餐敘後還閒聊了一會兒，老板起身便要告辭，我也要跟著離開。沒想到丁先生留我聊天幾句，老板示意沒關係，反正政黨輪替，交接也是正常，我順便跟丁先生交接一下。

丁先生非常客氣，他委婉地表示前老板任內留下的許多事務需要持續推動，希望我能夠協助繼任者，也就是他的老板。我沒有馬上答應，只說要考慮一下。離開之後，我馬上打電話給前老板請示，他告訴我說，「人家需要你，你就去吧。」

丁先生事後問我，「島嶼跟東瀛之間是不是有一個高層對話渠道？」，我覺得這個問題問的時間點真是巧妙，他如果在上次聚會時問我，我是絕對不會回答的。但是，我幫下一個政權效命這件事已經得到前老板的首肯，這個時候問我，我回答時便沒有顧忌。丁先生希望我能夠跟東瀛的窗口繼續保持聯繫，並且，告知東瀛的窗口，島嶼新的政權很樂意維繫這個渠道的運作。

我向岡田輔佐官轉達這個訊息，希望他向高層確認，沒想到他回覆的速度很快，快到幾乎是當事人就在他身邊的感覺。就這樣子，新政權無縫接軌地就繼承並維繫了與東瀛之間的高層對話渠道。

我彷彿又得到新生，而不是隨著離開而死亡。

米里雅次河上有一座拉丁橋，就位於我投宿的旅館附近，步行不到十分鐘的距離。其實我從旅館門口右轉，走到河邊，就可以看見拉丁橋。

但是為了較為深入了解這個城市，光是自己走馬看花是不夠的。所以我參加了當地旅行社一個城市導覽的旅遊行程。只花了一個上午的時間，花了美金六十元左右，並不貴。其中一站就是拉丁橋，導覽人員帶領我們走到拉丁橋，靠近橋的附近街道，地面上刻有紀念文，是我步行經過時不曾注意到了。此外，牆上有些凹痕，據說是當年槍擊的痕跡。

那一年，剛好是第一次世界大戰發生的一百周年紀念。

第一次大戰的導火線，就發生在這座拉丁橋。

當時奧匈帝國的皇儲斐迪南公爵與夫人前來波士尼亞視察，斐迪南公爵時任奧匈帝國陸軍總司令，主張將原本採二元帝國體制的奧匈帝國改採三元帝國體制，除了原本奧地利帝國、匈牙利王國等二元體制外，再加上新近獲得的領土克羅埃西亞、斯洛維尼亞與波士尼亞為三元帝國體制，意欲將克羅埃西亞與波士尼亞等地併吞為領土。引發塞爾維亞人的憤怒。居住在波士尼亞的塞爾維亞人組織「黑手會」發起暗殺行動，要保住克羅埃西亞與波士尼亞等地組成南斯拉夫王國與俄羅斯相呼應。

斐迪南公爵遇到兩名殺手，均因膽怯而不敢下手，第三名殺手丟手榴彈被斐迪南順勢撥開，竟沒有受傷，反而是副官受了輕傷。斐迪南決定要去醫院探視副官傷勢，改道行經拉丁橋，前導車隊未接獲通知，斐迪南的敞篷座車單獨前往，在拉丁橋的街角停下時，被埋伏在此地的殺手普林西普以手槍近距離射殺身亡。

史稱「塞拉耶佛事件」的過程有許多偶然。無論如何，斐迪南公爵最後被射殺身亡，第一次大戰爆發。王兄來或不來？這段歷史不會改變，丁兄有沒有邀請我加入新政權行列，應該也是一樣，「代號二〇二七」行動不會改變。

總有輪船的汽笛聲飄過

島嶼過去面臨對岸的改革開放，尤其是廉價的勞動力與廣大的市場，不少人趨之若鶩，有識者稱之為「大膽西進」。

有個「大膽西進」的故事，是發生在我身邊，朋友轉述的真實案例，可以了解一下「大膽西進」的可能後果。

局長今天搭高鐵南下。

我只好陪同，反正留在台北也沒事。

這班列車是直達車，到終點站只花了大約九十分鐘，真的很快。

剛出站，就看見高雄的同事陳耀祥跟王國安在出口等候，另外一邊則是局長的老朋友陳教授以及陳夫人，兩人見面就握手寒暄，隨後到附近的餐廳用餐。

局長不想驚動地方，因此沒有前往辦公室，也沒有知會當地的調查局等單位。因為此行還要處理一些私事，不方便大張旗鼓。

就近的百貨公司商場，五樓便有一家咖啡館隱藏在角落的位置，由於今天不是假日，所以沒人。用完餐後隨即來到這家咖啡館，看來局長想要先處理私事。

這位陳教授跟局長是留美的好朋友，兩個人曾住在學校宿舍，睡上下鋪，親如兄弟。

但是此次會面，似乎有些詭異，因為在餐廳用完餐後，局長便把高雄的兩位同事先支開，只留下我這個助理，在咖啡館內擔任紀錄的工作。

陳教授似乎有點難以啟齒，但局長對於他想要說的內容好像有點底了。

陳夫人倒是毫不扭捏，在旁催促陳教授直說。

陳教授支支吾吾，好歹也是個留美博士，並且在國立大學任教多年，沒想到還是被詐騙集團騙了。

局長看看我，示意我要保守秘密，我使個眼色點點頭。跟著局長好幾年了，從在學校就擔任他的助理，不用他交代，我就明白了。

原來陳教授是遇到了詐騙集團。

遇到詐騙集團不是應該要找警察報案嗎？腦中的直覺告訴我。

沒想到陳教授竟繼續向局長交代案情，局長又用眼神交代我不要插話，可憐的局長活生生被當做刑警在使用。

我搞不懂局長為何要對陳教授這麼好，只好耐心地聽下去。

原來陳教授是遇到一個假冒投資公司的詐騙集團，這個詐騙集團的手法比較細膩，負責人姓許，誆稱在大陸政商關係良好，認識前總理的女婿云云，然後在大陸五十幾個一二線城市興建大型商場，已經展店五十幾家，這個大型商場的名字我也聽過，在大陸的確有名，陳教授一開始也不是很相信，就先投資了十萬元，對方的公司每個月付兩分利息給陳教授，一年後都沒有違約，陳教授開始對他產生信任感，因此增加投資金額到五十萬元，每個月利息有一萬元，一年後的利息總計便有十萬元，相當可觀。

育有兩個年幼子女的陳教授想說自己已經面臨退休了，太太雖然也在大學任教，畢竟是私立大學，比較不穩定，兒女還小，需要儲備就學金，既然這家投資公司獲利如此穩定，應該是可以全力投入吧！因此就把所有的積蓄兩百萬元投入這家投資公司，依照每個月兩分利息的方式計算，第一個月應該可以領到四萬元，等到支領利息的日期來臨，陳太太拿著銀行的存摺去刷簿子的時候，沒想到利息的金額是零，完全沒有進帳，這是第一次投資公司沒有按時支付利息。

陳教授開始感到有點慌張了，畢竟是夫婦二人累積多年的積蓄，雖然大學教授薪資不低，但是家裡開銷也大，攢了這麼多年，才好不容易累積了兩百萬元的積蓄。

他隔天立即前往位於後火車站精華區的商業大樓，搭電梯到達十樓的投資公司，一走出電梯，就看到投資公司門口擠滿了人，他擠到人群裡面，詢問發生了什麼事情？

「跑了！」

「誰跑了？」

「董事長跑了！」

「那公司的員工呢？沒有人知道發生什麼事嗎？」

「員工也是受害者，有人兩個月沒領到薪水了。還有人半年都沒有領到績效獎金了。」

陳教授突然感到一陣暈眩，他畢竟已經年過半百，接近六十歲，再過幾年就要退休了。這件事情對他的打擊非同小可。

小花感覺正風最近舉止有點怪異，似乎正在默默進行什麼計畫，深怕她知道一樣。

她跟正風是在酒吧認識的，正風看起來不像是流連在酒吧的那種男人，他不夠狂野，太過陰沉，總是一個人喝著悶酒，幾乎沒有笑容，那天還是她主動跟正風搭訕的，正風愛理不理的，但是小花那天剛好需要一個睡覺的地方，她死皮賴臉的黏在正風旁邊，正風離開酒吧的時候，她跟著離開，他上車的時候，她也跟著上車，他並沒有阻止。

跟著他來到這個港都的最高樓，裡面有數不清的出租套房，每個人都不知道其他人的來歷，每天人來人往，半夜仍然十分熱烈，有人半夜才拖著疲憊的身軀回到套房，有人則濃妝豔抹正要去上班，身旁散發著濃濃的香奈兒五號。

小花的父親是個退伍軍人，年紀大母親很多歲，母親是原住民，家鄉在後山的一處山凹，母親早逝，父親扶養他長大，其實這個父親是養父，親生父親早已不知去向，養父早已退休，靠著退休俸過日子。

母親去世後，養父一有生理需求，便要找小花幫他解決，小學生的時候，她只願意用手，到了國中的時候，她必須用嘴巴滿足他，等到了高中，養父不再能滿足只是用嘴巴，小花幾次極力抗拒，甚至鎖上房門，養父都可以設法打開，為了保全自己，她只好逃離這個家，逃到島嶼的南端，這個面海的城市。

高中沒有畢業的她，根本找不到工作，她泡在網咖，透過網路找人收容她，各種交友網站都是她夜晚流連的地方，有時候遇到清純的大學生會收留她，待個幾晚，大學生比較單純，就算睡在一起，也不會強迫她，但是日子久了，她自己覺得配不上這些大學生，又逃離了。

她也遇過上班族，帶她去比較高級的餐廳享受大餐，然後去海港看夜景，最後帶她去旅館休息，她明白，自己總要付出一點代價，有次，一個上班族帶她回他的套房，她開始有點家的感覺，但是白天的時候，上班族去上班了，她覺得很無聊，又開始逛交友網站，有時候遇到大學生，會約去唱ＫＴＶ，有時候遇到莫名其妙的人，竟然載她去汽車賓館喝酒，喝醉了，她一個人躺在床上，天黑了，她才醒過來，她不知道莫名其妙的人有沒有對她怎麼樣？但是上班族已經打了很多通電話，她只好打回去，因為她不知道這家汽車賓館的具體位置在哪裡？沒辦法自己回家。

上班族接了電話很生氣，問她到底在哪裡？她說不上來，只好打內線電話問櫃台，櫃台告訴她地址，她結結巴巴告訴上班族，上班族開車來接她，問她怎麼會來這裡？她說不知道，她真的忘了！然後，上班族問她打手機為何不接？她說沒電了，其實是她睡著了，應該說是喝醉了！

上班族很生氣，一路上都沒跟她講話，她也忍住不說話，她知道他在生氣，回到套房後，他看到上班族脫了衣服，進入浴室洗澡，她也脫了衣服，進入浴室。

她的身材不是特別好，但是勻稱，乳房沒有特別豐滿，乳頭的顏色有點暗沉，但是雙腿修長。

她見上班族還是不搭理她，主動幫他抹肥皂，從後背開始，到他的臀部，大腿、小腿，然後順勢轉到前面，繼續抹他的前胸，腹部，她仔細清洗他的身體，這些事情，她在家裡都幫養父做過，但是幫養父做的時候會有罪惡感，此時此刻，她覺得這是報答這個男人最好的方式。

男人完全沒有拒絕，她還幫他洗腳，腳背、腳掌都洗，然後用水龍頭清洗他的身體，男人已經微微地勃起，她在清洗時再度輕輕地撫摸它，幫他擦乾身體後，他先離開浴室，她才開始清洗自己的身體。

等到她洗好，走出浴室時，臥室的燈已經暗了。

她躺在男人身旁，男人貪婪地親吻她的身體，從舌吻開始，乳頭，最後是下體濕潤處，這個男人的技巧真的很好，她張開雙腿迎接他。

男人用激烈的衝刺來回應她，不知道是要發洩今天晚上的不滿，還是要報答她剛剛在浴室細心的服侍。在一番激烈的雲雨纏綿後，男人累了，也睡了。

她睡不著，繼續上交往網站找人聊天。

她的身體，剛剛被男人的身體填滿。

但是，此刻她又開始感到空虛了。

男人翻過身，張開眼睛看到她又在上網，這次男人沒有搭理她，繼續睡了。

隔天白天，男人上班後，有個大學生邀她去唱ＫＴＶ，她竟然答應了，對方騎摩托車來樓下將她接走了。

上班族下班回到家，沒有看到她，她留紙條說她跟朋友出去了。

上班族這次的憤怒已經不是爆發，而是傳了一通簡訊給她。

「我這裡不是旅館，可以請你搬走嗎？給你　個禮拜的時間。」

她晚上依約回來了。

她淡淡地問了他一聲「你真的要我搬走嗎？」
男人點點頭，她也沒有說什麼。
她跟住在港都的表姊打聽，她能找到什麼工作。
得到的答案令她有點失望，但是她只能找到這樣的工作。
她到一家所謂美容美體的店工作，其實就是半套店，雖然沒有真正意義的性交，但是她必須用手或嘴巴幫客人服務，店裡的小姐有人會收費與客人性交，價錢從一千到兩千不等，她不願意違背自己的意願去做這樣的事，只願意出賣自己的手或嘴巴去提供服務，店裡有些小姐笑她很傻，因為既然下海，不如做全套，賺錢比較快，但小花不願意，店裡圍事的那些男人也拿她沒辦法，全套是小姐跟客人私下交易，店裡管不著，店裡只管收半套的費用，然後跟小姐五五分帳。
小花上班很不穩定，表姊對於她寄住在家裡雖然沒有意見，但表姊夫卻很有意見，他懷疑小花在從事色情行業，雖然小花告訴他是在一般的按摩店上班，但是男人的直覺告訴他不是。
小花忍受不了表姊夫異樣的眼光，但是自己的收入不穩定，付不起固定的房租，這天在Pub邂逅了正風，她原本以為是一夜情，沒想到正風竟然沒有趕她走，她也就索性住下來了，覺得自己好像是一隻被收容的流浪貓。
正風經常早出晚歸，身著西裝筆挺，開著一輛賓士四二〇汽車，看來生意十分忙碌，是一個成功的商人，有著成功商人的氣息，他對小花並不吝嗇，知道小花手頭緊，偶而會給他一些零用錢。
小花這次改掉了經常翹家的壞習慣，不再上交友網站到處約男生出去玩，或許是因為曾在美容美體店上班，已經見識過太多男人的情慾，有點厭倦了，有時甚至感到噁心。

她也停止到美容美體店上班，空餘的時間她會先打掃房間，幫忙洗衣服，真的有空的時候，就看看電視，難得一個人過著平靜的日子，然後等待正風回來。

這個男人感覺很內斂，內斂到做愛的時候都不知道他在想什麼，他很少採取主動攻勢，會默默接受小花為他洗澡，然後等待小花用嘴巴服務，小花心想與其在美容美體店為一大堆亂七八糟的男人服務，不如只為正風一個人。

勃起之後，正風會任由小花騎在他身上搖晃，直到他射出為止。

一個人的時候，他會默默地抽著菸，或者喝咖啡，自己低頭沉思、冥想，好像小花不存在一樣。

小花覺得這樣也好，跟正風在一起沒有負擔，也沒有壓力，就跟自己一個人住在這裡的感覺差不多，她始終在找尋一個家，一個沒有養父的家，一個自己的家，或許這裡就是她的家吧！

正風來到北海，這裡是廣西省非常靠近越南的一個城市，面向北部灣的一個臨海城市。他從杭州搭飛機到南寧，再從南寧搭乘動車到北海，折騰了良久，終於到了北海，他跟正芳二人一走出車站，立即有人來迎接他們前往酒店。

這是一個陌生的城市，如同其他大陸的沿海城市一樣，有種躁動不安，想要飛黃騰達的心情躍然於每個人的臉上，晚上一個叫做老王的重慶人負責招待他們去吃海鮮，這一頓海鮮吃下來花了不少錢，但還是比一二線城市便宜。

吃完海鮮後，又陪正風與正芳兩人到海灘散步，這裡的海灘確實很乾淨，而且沒有遭到汙染，海灘上幾乎看不到一片垃圾，據說去年還在這裡舉辦過國際選美活動，看來這裡是充滿了開發潛力，是投資房產的標的。

正風回到旅館，先洗了澡，還沒有跟正芳溫存之前，他還是不放心的研究一下各種網路資訊，確認一下政府出台的政策是否支持地方開發及發展，果然看到省政府出台各種相關優惠政策，洋洋灑灑，包括購地貸款免利息五年、提供台商投資便捷通道、單一窗口受理、專責輔導的機構，還有地方教育機構配合培養人才，旅行社相關簽證與機票服務等，一直看著筆電螢幕看到他有點倦了，雖然正芳幾乎赤裸著身體，只圍著一條浴巾，坐在床上等他，但是他已經沒有力氣纏綿了，只將正芳的浴巾除去，露出纖細的體態，從後抱住她的肚子，撫摸她的身體，不知道是否因為下體迅速充血的關係，便開始有了睡意，竟沉沉睡去。

隔天一早，又是樓盤的參訪行程，一整列穿著制服的接待員，白粉相間的套裝，高挑的身材，儀容整齊，一字排開，笑容迎人。

一個樓盤看過一個樓盤，看到正風有點眼花撩亂，他從兩岸開放後，便到對岸的九八五高校攻讀經濟學，中間也談過小女友，後來索性在台資企業任職，對於大陸的風土人情已經略有了解。

由於初來對岸時，島嶼的經濟條件比大陸好很多，大陸這邊的女生對寶島來的男性都趨之若鶩，加上正風本身條件也不差，身高雖然不高，但長得挺帥氣，家裡雖然稱不上豪門大戶，但來到大陸的台資企業上班，工資都是大陸員工的十倍左右，大陸女生當然對寶島來的男性都另眼相待。

正風看到這一整排的女招待員，高挑的身材，美麗端莊的儀態，不禁心情為之開朗起來，巡視樓盤之際，並不太在乎細節，正芳看在眼裡，跟老王使個眼色，不斷勸進，每個樓盤彷彿都有大好前程，活生生是個金庫，只要投點小錢進去，就有金銀財寶湧出，好像阿里巴巴與四十大盜的「芝麻開門」一樣，只要口令正確，便可以打開藏寶的洞窟。

中午少不了又是好吃好喝的海鮮大餐，好像這裡的海鮮都是海裡現撈的新鮮，但是又不用花錢一樣。用餐完後，來到一家咖啡廳，老王搭配正芳又是一番勸進，但是樓盤的面積都不小，少則兩百平方米以上的豪宅，有些是店面，價格則從兩百萬人民幣到上千萬都有，豪宅大部分面海，海景房不僅面積大，而且景觀好。至於店面則位於市區的商店街，未來商機可期。

談到錢的時候，正風開始顯得謹慎，而且稍稍恢復理智，不再像逛樓盤那麼輕浮灑脫，終於轉換了一個商業腦。

畢竟自己的資金不多，這幾年光靠薪水，存款大概也只有五百多萬台幣，買一個樓盤都不太夠，真正要投資的話，還是得說動在上海經商的大哥，大哥在上海經商三十年了，是個成功的貿易商，曾經闖蕩過美國各州，為島嶼最大的貿易商開拓了美國分部，歐洲市場也做得有聲有色，甚至被派往南美洲開拓市場，雖然南美洲的成績不太亮眼，但是公司高層也沒有責怪他，最後他被派到當時仍是新興市場的大陸，在上海建立了據點，因為公司高層鬥爭，遭到排擠，索性自己出來開公司，終於在上海浦西闖出了一片天。

大哥是個精明的生意人，不像正風，正風是到處在江湖上遊走，各行各業都幹過。自己雖然可以稱得上見多識廣，但是，要比精明能幹，正風離大哥還是很遠，可能連車尾燈都看不到，談到投資，自己那點小錢根本就不算是錢，正風的大哥在上海經商頗為成功，要論資產，人民幣應該有五個億左右，台幣大約二十多億，資金充沛，要說服大哥，那可說是難上加難。

但是，擺闊這件事，正風倒是十分得心應手，他在這群大陸人面前，演技毫不含糊，當然，他口中的大哥的確資金雄厚，這讓他說話多了一份底氣。正芳跟在正風身邊有段時間，跟正風一起見過他的大哥，也去過正風大哥的上海豪宅，所以老王等一票人對此倒是深信不疑，勸進之聲此起彼落，不絕而耳。

老王等人勸進說詞都差不多，無非是國家重點項目，什麼資金啟動優惠，什麼中央出台政策支持等，反覆不斷的話術，正風聽到有點睏了，想去按腳一下，做個腳底按摩，老王一群人少不了想要繼續招待，正風因為沒有下定決心投資，主要是大哥的資金還沒到位，不好意思再讓老王等人破費，決定自己找家足浴，就先把老王等人打發走了。

因為帶著正芳按腳，正風也不好意思玩什麼貓膩，就規規矩矩、正正經經地找家正宗的足浴，連按腳加全身按摩，總共花了三個小時的時間，大陸的足浴這方面倒是專業，技師訓練有素，環境十分清幽，正風按到後來就睡著了，技師還是繼續按摩到鐘點，然後讓正風跟正芳在包廂內休息，並不趕人。

這次南下，我真的覺得沒必要去管陳教授被詐騙集團詐騙投資的案子，雖然我也知道他很無奈，畢竟兩個人是老朋友了。

但是，找國安局長去幫忙處理詐騙案，也是有點誇張吧！

局長跟陳教授談完後，把陳耀祥跟王國安找來，交代他們協助陳教授將這個案子交由警方處理，陳王二人當然不好意思拒絕，當面表示同意。

陳王二人聽完案情後，詢問是否有雙方簽訂的合約，或者對方的名片及電話、姓名等，才知道對方的名片上面的名字應該是假名，手機已經關機，公司的辦公室只留下一群手足無措而且兩個月沒有領到薪水的員工。

陳王二人詢問公司的名稱，表示營利事業登記證上面會有公司負責人的真實姓名，可以查到對方的身分。

陳教授說，「沒事怎麼會去查對方的營利事業登記證。」

王國安問，「那合約呢？合約上面總有對方的姓名及公司名稱吧？」

正當眾人看著陳教授的臉，期待得到答案的時候，陳教授及夫人再度顯得面有難色。

我心想，大事不妙。

陳教授最後才勉強啟齒，娓娓道來。

當天他們一群人在那家投資公司門口向員工要求索賠，發現員工也是受害者，老板已經積欠薪水兩個月沒有發放，原本他們只是認為公司突然周轉不靈而已，畢竟過去一年多來，他們不僅薪水收入相當穩定，公司都會準時將薪水匯入帳號，同時，也有相當可觀的績效獎金，這是員工為何賣力幫公司推銷方案的原因，有些員工甚至把家人、朋友都拉來投資，畢竟經濟不景氣的情況下，能夠每個月有兩分利的利息收入，已經算是相當高的獲利了。

正當眾人心急如焚、束手無策時，突然有一個年輕女子表示，他也是受害者，但是，他的哥哥是檢察官，她可以幫忙大家將這些詐騙的資料交給哥哥，由地檢署來偵辦此案。

眾人一聽，好似在黑夜中看到了一盞明燈，便紛紛把當初跟公司簽訂的合約以及利息支付的紀錄等交給她，包括陳教授也是如此。

年輕女子主動告知大家她的姓名，周淑玲，並且留下手機號碼，有人當場測試電話號碼是否是真的，結果，這位叫做周淑玲的年輕女子手機果然立即響起。陳教授還特別詢問周淑玲的哥哥是那一位檢察官，她答是港都地檢署的周志宏檢察官，陳教授不疑有他，便拜託周淑玲如果此案有任何進展，麻煩主動跟大家聯繫，周淑玲馬上點頭答應，陳教授隨後便離開，眾人也慢慢散去。

投資公司員工有些看到周淑玲可以幫忙向港都地檢署呈交此案，也都趁機把資料交給她，畢竟自己委託律師還要花錢，如果去按鈴申告也很麻煩，因為大家都不懂法律，就這樣，陸陸續續有不少員工選擇把資料交給周淑玲。

過了大約一個禮拜，陳教授因為忙於學校的工作，竟一直未主動跟周淑玲聯繫。陳教授夫人詢問此事進度後，陳教授立即打電話，沒想到周淑玲的電話已經變成空號。

他越想越著急，畢竟兩百萬元不是小數目，他的育兒基金，孩子的出國留學費用，都靠這筆錢了。

陳教授決定自行驅車前往地檢署，拜訪檢察官周志宏，到達地檢署後，他向警衛表示要找周志宏檢察官，警衛表示如果要按鈴申告，需要先填表格，陳教授認為自己已經交給檢察官偵辦，應該有資格了解一下偵辦進度，沒想到警衛竟然拒絕，告訴陳教授這樣不符合程序，就在陳教授與警衛僵持不下的時候，一名書記官剛好經過，獲知陳教授是國立大學教授的身分，破例帶他去見周志宏檢察官。

書記官好心地帶領陳教授來到檢察官辦公室，陳教授說明來意後，周志宏檢察官十分訝異地表示自己從未受理這個案子，如果陳教授要提出告訴的話，他可以幫忙安排由值班的檢察事務官負責偵訊及製作筆錄。

陳教授有點不高興地說，「資料都交給你妹妹了！」

周志宏檢察官說，「自己的妹妹在北部念護校，是名護士，不是律師，也不可能經手這個案子。」

陳教授此時已經內心開始恐慌了，他問檢察官，「妹妹是否叫做周淑玲？」

周志宏檢察官說，「舍妹名字為周玉蘭，您是不是弄錯了。」

陳教授此時鐵青著臉，「不是我弄錯了！而是我又被騙了！」

小花最近一年的生活過得有點安逸。

自從跟正風認識之後，正確來說，自從跟正風同居之後，她的生活變得相對地穩定。她不用再到半套的美容美體按摩店工作，她偶而會跟表姊去逛逛街、看看電影，正風有時候會陪她去買衣服，儘管他大部分的時間都早出晚歸，正風每隔一兩個月會到大陸出差一次，她從來不過問，也無從過問，因為正風在經營怎樣的事業她完全不清楚，她只知道正風即便回到家也經常跟客戶講很長的手機，正風不常看電視，倒是經常用筆記型電腦上網，而且他的筆記型電腦隨身攜帶，偶而正風會陪她看一些最夯的連續劇，譬如大陸當紅的連續劇「後宮甄環傳」或者韓劇「來自星星的你」等，正風會聊一點大陸當紅的明星或者韓劇的明星之類的話題，除此之外，他們沒有太多交集。

他們兩人年紀相差應該有十幾歲吧！

他們幾乎沒有開伙過，小花會打掃房間，因為是套房，其實打掃起來很簡單，把地拖一拖，床單洗一洗，浴室及廁所是同一間，每個禮拜打掃一次，然後，大約兩三天洗一次衣服，套房內有洗衣機，如果怕沒地方曬衣服麻煩，就直接拿去洗衣店洗，順便烘乾。

正風每個月都會固定給她生活費及零用錢，表姊知道她的生活後甚至有點羨慕，她也開始有結婚的念頭，但正風從來沒有提過這件事，大部分的時候，他是沉默的，沉默到有點過於安靜。

他們經常作愛，正風從來不戴保險套，但也從來沒有射在裡面，她感覺他是一個自我控制能力很強的人，慾望非常強烈，但是又很喜歡控制自己，並且控制得很好的一個人，有時候她甚至覺得，這個男人有點高不可攀。

有次，她生理期沒來，告訴正風，正風頗為自責，帶她去婦產科做流產，其實很簡單，她吞下了一顆藥丸，沒多久，月經就來了！

正風看到月經來了，竟流下了眼淚，她難得看到這個男人流淚，但這也是唯一的一次，平日，他還是維持一樣的冷漠。流產後，小花要求正風帶她去吃麻油腰子，正風還問她為什麼，小花覺得正風此時有點犯傻，當然是小產後要進補囉！

小花感覺正風最近似乎越來越忙碌了！

有時候忙到忘記跟她一起吃晚飯，正風經常獨自一人默默晚歸，簡單沖完澡後，就倒頭呼呼大睡，好像忘記了小花這個人的存在一樣。

這一天早晨，正風竟然沒有很早就出門，等小花起床後，他帶小花去吃早餐，小花感覺他今天特別慎重，因為這家五星級酒店的早餐不便宜，一個人大約要價四百多元，兩個人合起來加上服務費就要一千元左右。

正風耐心等她吃完早餐，等她吃完後，正風給她一個地址，拜託小花前往十樓的投資公司，那裡會有許多受害的投資人，他要求小花在那裡等到十一點，然後向大家表明自己也是受害人，可以幫助大家將資料交給檢察官周志宏，說完正風交給小花一張檢察官周志宏的名片，然後，他告訴小花，為了取得大家的信任，她必須自稱是檢察官周志宏的妹妹周淑玲，同時要給這些受害的投資人自己的真實手機號碼做為聯繫電話。

小花自從跟正風同居後，似乎已經日漸被正風所馴服，對於正風的要求向來順從，正風平日也待她不薄，很少提出什麼無理要求，或者更精確地來說，對小花沒有什麼要求。

雖然小花對於這個突如其來的事件完全搞不清楚來龍去脈，事實上她也不想搞清楚來龍去脈，或者，她也沒有能力搞清楚，所以，簡單照做就是使事情簡單地解決的最好辦法。

小花在學校就是這樣一個學生，不會主動去惹事生非，一旦老師發現她違反校規時，通常都是被人利用而已，譬如在國中二年級的時候，她被記一大過，因為抽電子菸，但是老師調查結果才發現，當天是有一群同學聚集在女生廁所抽電子菸，小花只是去上廁所，不小心撞見，這群同學馬上起鬨，要求小花也要抽，小花二話不說，拿起電子菸就抽，抽完就走了，小花向老師承認，她小學四年級就抽過電子菸了，與其說她講義氣，不如說她天生具有原住民的樂觀開朗，以及天真純樸自然的性格，她被記一大過，但是沒有怪任何人，也不像那群抽菸的學生一樣怪老師，老師最後甚至有點同情小花，一大過是鐵定要記的，但是他開始給小花很多勞動服務的機會，很快地，小花便將一大過消過完成了。

小花稱不上聰明，在班上成績平平，對待事情向來不喜歡多問，她希望事情越簡單越好，但是正風交給她辦的事情似乎有點複雜。

也許是小花單純的模樣欺騙了所有受害的投資人，以及投資公司的部分員工，讓他們放心地將合約及其他資料交給小花帶回。

小花依照正風指定的時間，大約中午十二點回到這家五星級酒店的餐廳，正風正在喝著咖啡，看到小花回來，馬上駕車載著她離開。

正風一路駕著車往南行，一邊詢問小花到投資公司現場的狀況，一切似乎如正風所預料的一樣，小花拿回來的合約書以及公司帳戶資料等，也都全部交給了正風，放在車子的後行李箱裡面。

正風還是跟以前一樣的冷靜，甚至近乎冷酷。

他把一個登山背包交給了小花，接著把汽車停在機場的停車場，取出自己的行李，小花這個時候才知道原來正風又要出差了。

兩人坐電梯到達出發樓層，正風到櫃台辦理報到手續，取得登機證及行李牌，接著正風便轉往登機檢查口，到達登機檢查口後，他轉身向小花揮揮手，示意小花不要再送了。

小花便自己一個搭乘捷運，回到這棟港都的最高樓，兩人的住處。

正風在的日子，她經常一個人過。

現在，正風出差了，她更像是一個人過，不，應該說，她是完完全全一個人過日子了。

日子過得有點平淡，但是她已經習慣這樣了。

正風走的第一天，她連出門都懶，吃飯時間到了，就點了一個麥當勞的一號餐，叫Foodpanda送餐。

晚上則點了她最愛吃的三媽臭臭鍋配珍珠奶茶，然後上網追劇，這是正風難得喜歡跟她一起做的事情。

追劇追到累了，也已經半夜了。她倒頭就睡，索性連澡都沒洗，反正也沒人管。

隔天睡到快中午。醒來，才洗了澡，順便把浴室也洗了。

小花正在思考要吃什麼，因為老是叫外送，自己不出門也不是辦法。

正當她想不出來吃什麼的時候，她決定整理一下房間，因為打掃房間會讓她餓，餓了就可以想出來要吃什麼了。

正當她要打掃房間的時候，突然發現正風交給她的黑色登山背包被她丟在床邊，她一開始就覺得登山背包非常礙眼。

打掃前，她先把登山背包移到沙發上，打掃完後，把一些髒衣服收拾了一下，放在洗衣袋裡，準備等一下帶出去洗，順便去買早餐，不，應該說是午餐了，反正就是Brunch。

她頂著太陽，找到港都最有名的漢堡店，這家漢堡店很奇怪，據說只有港都的人知道，島嶼北部的人完全沒聽過，連中部的人也未必聽過，但是港都人都知道，她叫了最喜歡吃的香辣雞腿堡，買了一杯五十嵐的珍珠奶茶，回到家後一邊吃一邊繼續追劇。

正風完全沒有消息，這是他的風格，一旦出差就好像失蹤了一樣。

小花追了一會兒劇後，還記得去把烘乾的衣服從樓下拿回來，接著就睏了，只好繼續睡個午覺。

小花的日子就這樣渾渾噩噩地過了兩天，她終於打開了電視，看了一下綜藝節目，在快速轉過新聞台的時候，看到一則新聞，是關於機場停車場火燒車的新聞，但是她沒有特別注意，只是覺得起火燃燒的車子跟正風的車有點像。

這兩天陸續有陌生電話打來，但是他都沒有接，直接把手機調成靜音。

正風臨走時有交代她把手機門號換了，她突然想起這件事，就到附近找家通訊行換了一個門號，但是她很好奇如果正風要跟她聯繫的話，怎麼知道她的新門號？當然，他到國外從來不曾打過電話回來。有一次，為了聯繫方便，正風要求她去申請了一個微信帳號，但是正風也只有發了一個笑臉之後，就沒有其他訊息了，而且正風的朋友圈也拒絕讓她瀏覽，但是她也不以為意，因為會使用微信的應該都是大陸人吧，她想。

過了一個禮拜，正風竟然一點消息都沒有，小花悶得發慌，忍不住打電話給表姊約去逛街，表姊提議去逛港都最熱鬧的夜市，小花以為是六合夜市，表姊說才不是，在地人最愛逛的是另一個夜市。

小花跟表姊兩個人邊走邊逛，一邊吃吃喝喝，小花忍不住就去撈魚，沒想到技術太差，結果全部槓龜。表姊教她一個訣竅後，小花竟然技術大幅進步，馬上撈到幾條小魚，決定買個小小水族箱，帶回家去養。

表姊詢問她正風的狀況，知道正風出差將近一個禮拜都沒有消息，心裡也覺得有點納悶，不禁開始追問小花一些細節，越問越不對勁，當小花提到正風交給她一個黑色登山背包時，表姊建議她回去最好打開檢查一下，小花回說，「正風沒有交代可以打開，這樣好嗎？」表姊認為打開登山背包或許可以找到一些答案。

小花回到家已經很累了，她攤倒在床上，看見沙發上的登山背包。

突然門鈴響了，原來是管理員通知這個月的房租還沒有繳納，逾期的話，會強迫搬家。

小花不禁感到一片心慌，因為房租平常都是正風負責繳納，而且，自從跟正風同居後，她已經不再工作，所以手頭也沒有積蓄。

正當她心慌意亂的時候，突然想到那個登山背包。

她不禁把手伸向背包，又有點擔心會被正風責罵，可是明天如果再不繳納房租的話，就要被迫搬家。

她把背包的拉鍊拉開，裡面是一捆捆用報紙包裝起來的千元大鈔，每一捆都用銀行的紙條綁緊，她仔細一算，每捆剛好是十萬元，整個背包裡面總共有幾十捆這樣的千元大鈔。

西湖的晚風一樣寧靜

正風從蕭山國際機場下飛機後，直接打D到市區。

他對這個城市並不陌生，反而因為太過熟悉，失去了新鮮感。

「若把西湖比西子，濃妝淡抹總相宜。」

每天晚上散步的時候，他從郭東園巷穿過東河，沿著河坊街，接高銀街，再接河坊街，可以一直走到西湖邊，首先遇到的便是著名的西湖八景之一「柳浪聞鶯」，只是他在這個城市居住的時候，大部分造訪西湖的時間都是晚上，於是他發現西湖的夜似乎比白天更美，後來他就不習慣白天到西湖了。

自從上次到北海進行商業考察後，他就蠢蠢欲動，希望說動在上海經商有成的哥哥投資北海的房地產，購買樓盤，這中間少不了正芳在後面推波助瀾，運用美人計，她不僅對正風百依百順，簡直是讓他夜夜春宵，樂不可支。

當然正風也不是省油的燈，他也是認真做了很多考察，認為北海地區確實很有發展潛力，尤其是東盟十五國在這裡對接的投資很多，真的是潛力無窮。

奈何正風的哥哥做貿易出身，一方面精打細算，錙銖必較，一方面家中的經濟大權有一半掌握在嫂嫂手中，嫂嫂並非不熱衷房產，而是只熱衷上海的房產，她認為上海的房產已經買不完了，沒必要再去廣西那種偏遠的地方搞房產投資，某種角度來說，大嫂是對的。

只是正風心裡難免有跟大哥較勁的味道，他不想在上海發展，畢竟大哥在這裡三十幾年了，根基比他深太多，要搞投資也不可能聽正風的意見，這樣正風顯得很沒有存在感。

勸說大哥投資不成，他想方設法，最後動了回台成立投資公司的念頭，以他在大陸前前後後也待了十年的經歷，要回去台灣搞個投資公司，募集資金應該不是難事。

就這樣，他就在港都的商業精華區租了一層辦公室，大張旗鼓，轟轟烈烈地搞起來了。捉住一般人貪圖小利的心理，他用相對高的利息吸引許多人來投資，這些人一開始都會比較謹慎，但是，只要放長線釣大魚，他們就會上鉤，經過一年的高額利息回收後，大部分投資人都會在第二年加碼幾倍，等到第二年的利息回收仍然穩定後，可以預想第三年投資人就會把所有資金都投入，而正風就在此時突然收手，將資金捲逃前往大陸。

他陸陸續續透過各種洗錢的管道，包括透過哥哥在香港的公司匯款到上海，利用英屬開曼群島及維京群島的人頭公司轉匯到大陸，再加上他每次夾帶在身上的美金，初步估計應該累積到將近五億新台幣，換算成人民幣大概超過一億元。

這些資金跟他哥哥在上海的資產相比還是少很多，但是前往北海投資倒是綽綽有餘，只要他投資成功，就可以超越他哥哥，不用老是活在哥哥的陰影下面，所以，他對於自己的投資案倒是保密到家，只有一小部分的資金是靠哥哥的公司流通轉匯。

回到杭州的住處，正芳為他精心準備他最愛吃的四川水煮魚，又香又辣，每次他吃到最後，總是連豆芽菜都不放過，兩人飯後到東河附近散步，沿著河坊街走到高銀街，轉到南宋御街去逛逛，回到住處少不了又是一番溫存。

兩人辦完事後，滿身大汗，去沖了個澡，等到睡下來後，正芳終於問起正事，問他資金到位了沒，正風說這次沒問題了，所有資金都到位了。

正芳提醒他，要找個時間跟老王見面聊聊投資樓盤的生意。

正風有點詫異說，「老王他們不是在北海嗎？」

從正芳的口中獲知，原來老王一夥兒已經到杭州了。

正風答應過兩天要跟老王他們見面。

小花自從發現正風留給她的鉅款之後，開始顯得六神無主。

最後，她還是決定打給表姊。

表姊希望她不要驚慌。

過沒多久，表姊就出現在小花的住處，只看到小花捲曲在床鋪的一角。

別人如果手中有幾百萬元現金，應該是雀躍不已，但是小花感覺起來十分害怕。

原本表姊還考慮勸小花把這筆錢留下來當做安家費，畢竟正風一去不回，也不知何去何從，但是聽完小花的描述，並且看到她害怕的模樣，就知道這件事情只有一個解決之道，就是主動向警方說明。

表姊陪同小花前往附近的派出所，轄區分局的刑事組幹員接到派出所通報，馬上就將小花帶回分局刑事組，由於這件案子涉及的範圍很廣，雖然小花將大部分的合約書都收集起來，也取得了公司的帳目資料，全部交給了正風帶走。但是公司的營利事業登記證上面的負責人竟然已經變更為本名叫做邱思潔的小花，由於涉嫌重大，警方已經對小花，也就是邱思潔，發出到案說明書，如果拒絕到案說明，將會遭到通緝。

小花，將案情一五一十地交代清楚後，時間也到了下午五點多了。他們從早上九點多到派出所投案，結果被帶到分局刑事組，最後進行長時間的偵訊，警方才終於把案情釐清，因為小花配合度很高，檢方並未聲請羈押。

小花與表姊離開分局的時候，天色已經昏暗，由於是秋天，且即將入冬，港都的晚上還是有點涼意，小花示意表姊回家休息，她想自己一個人散散步，靜一靜。

小花走到了愛河邊，看到一個永結同心的鑽石戒指不銹鋼雕塑，想到跟正風同居的一年多，她已經把正風當作是自己的家人，甚至夢想到有一天跟正風會走向紅毯的那一端。

結局是，正風突然消失，欺騙投資人，捲款潛逃金額高達數億元，她被正風當做人頭，做為投資公司實際登記的負責人，正風幫她刻印章，借她的身分證使用，她都不以為意，因為正風照顧她的生活起居，是她的生活屏障。

如今，正風一走，她的生活頓失依靠，甚至可能要鋃鐺入獄，她想到這裡，眼淚不禁流下來，她走到僻靜無人處，突然有股想要跳下去的衝動，正當小花爬上欄杆的時候，有一個人出手攔住了她，正是小花的表姊。

她見小花一個人失魂落魄，覺得不太放心，便暗暗跟蹤小花，直到小花爬上欄杆，她覺得不對勁，才趕快衝過來阻止。

她陪著小花慢慢走回小花的住處，面對夜色蒼茫，兩人皆已無語。

正風跟老王一夥人約在銀泰百貨一樓咖啡廳談事情，對街的武林廣場假日都有大型活動舉辦，早就搭起了巨型舞台，以及豪華的燈光音響，跟島嶼任何大型的活動相比都毫不遜色。

早在一九九七年，正風就來過杭州，當時主要是慕名而來，當天剛好是中秋節，西湖旁邊人山人海，擠得水洩不通，他擠在人群裡面，遙望遠處的雷峰塔，想起徐志摩的一首詩：

「我送你一個雷峰塔影，滿天稠密的黑雲與白雲；

我送你一個雷峰塔頂，明月瀉影在眠熟的波心。」

詩人浪漫的心，沁淫在西湖醉人的湖心及夜景中。

他從蕭山機場搭乘計程車到湖濱賓館，當時的馬路還是泥土路，路上揚起的灰塵讓他感受到城市的落後。

如今，事隔將近二十年，蕭山機場通往杭州市區的道路已經是高速公路了。

而橫越錢塘江的跨海大橋上，可以遙望阿里巴巴的企業總部，已經是足以睥睨全世界的大企業，不僅在上海A股上市，在香港恆生上市，最後甚至到美國紐約的那斯達克上市，這個國家的飛越騰起，讓他感覺到無限的希望。

也就是這樣的希望最終將正風帶向悲劇的下場。

正風聽老王一夥人分析北海的房市樓盤行情，已經聽到可以倒背如流了。這兩年來最大的問題是資金缺口，此次已經可以補足，由於中國與東盟的合作關係日漸緊密與重要，所以行情還是不斷看漲，北海的樓盤正一棟一棟興建起來。

老王他們一夥人宣稱已經買了幾十棟樓盤，其他的建案投資就等正風的資金到位就可以啟動。

正風表示資金已經到位。他跟老王他們相約下個禮拜要在北海碰面，跟建商進行正式的簽約。估計要先買二十個樓盤，每個樓盤大約四百萬人民幣。

回到郭東園巷的住處，正芳忍不住要問正風，「資金到位了嗎？」

正風要她放心，約略跟正芳交代了各個資金到位的通路。

他們從杭州搭飛機到南寧，在南寧住了一晚，隔天便搭動車前往北海。

簽約相當順利，簽完約後，建商還請他們吃海鮮大餐，可以說是賓主盡歡。

回程的時候，正芳提議在南寧多待兩天，她想去德天瀑布玩一下。

正風剛完成籌備已久的投資案，心情相當愉快，樂於跟正芳一起去德天瀑布旅遊。

德天瀑布是位於中國與越南交界的一個瀑布群，論壯觀比不上美國的尼加拉瓜大瀑布，或者中國貴州的黃果樹人瀑布，但卻是廣西一處風景名勝地區。

從南寧拉車到德天瀑布也要五六個小時的時間，他們一大早就出發了。

到達德天瀑布後，旅行社不安排人員陪同，由遊客自行購票進入園區，等到約定時間，遊客再搭乘旅行社提供的廂型車回到南寧。

回程的時候，正風並沒有回到集合點，只有正芳一個人回來，旅行社的人覺得很奇怪，詢問正芳，她表示正風臨時有事，所以一個人自行搭車提早離開，旅行社不疑有他，就依照計畫回到南寧。

局長拗不過陳教授的請託，一直透過國安局關心詐騙案偵查的進度，警方經過一個多禮拜的搜索毫無結果後，沒想到主嫌的女友小花竟然主動投案，並交出部分的贓款，案情急轉直下，彷彿柳暗花明。

但是小花提供給警方的那幾百萬元，遠遠不足正風詐騙的總額約四億八千多萬元，警方推斷正風應該是捲款潛逃，由於正風航班的目的地是香港，最有可能潛逃的地方應該是大陸。

陳教授對於警方能夠查到眉目雖然感到有點希望，但是主嫌既然已經跑到大陸，那麼那些被詐騙的金額感覺就是難以追回了，想到兩個女兒的教育費用因為這樣沒有著落，心中充滿了懊悔。

這一天局長突然來電，告知陳教授大陸公安已經獲知主嫌劉正風的下落，劉正風的屍體在中越邊界的德天瀑布下游被尋獲，死因不明，大陸公安還在追查中。

局長也告知陳教授，主嫌雖然尋獲，但贓款要追回應該很難，尤其是人在大陸，詐騙的贓款應該也在大陸，兩岸關係現在處於冰河期，對口協商單位海基會與海協會已經停止正式協商，追回贓款有如登天之難。

陳教授默默地接受了這個事實，只能延後退休，更加努力地設法賺些外快來貼補家用，所幸夫妻二人都是在大學教書，生活應該無虞，只是妻子在私立大學教書，面臨少子化危機，學校可能會被迫關閉，他也只有擔負起家中的經濟大任。家中的開銷勢必得要縮減，因為一筆投資的損失，兩個女兒未來出國留學的費用暫時沒有了著落，學鋼琴及圍棋等才藝的預算不足，也只能先減少一兩項才藝。

正芳帶著正風的存摺與印章要去銀行提款，結果銀行的行員馬上通知公安到場，將正芳帶到警局訊問。

正風的屍體已經被尋獲，經過驗屍的結果，證實是生前落水。

如果是死後落水，則一定是他殺。

但是生前落水，失足落水的意外、自殺與他殺的可能性都有，警方並沒有立即朝他殺的方向偵辦。

由於正風身上帶著「台灣居民來往大陸同胞證」，所以公安馬上查到他的身分。但是大陸公安並沒有台灣的戶籍資料，所以無法透過戶籍資料查到正風有那些家人，連他在杭州郭東園巷住處的資料也沒有，因為杭州的住處是用正芳的名義租用的。

正風與正芳是在廈門一家高級足浴店認識的，當時的正芳是前堂的副理，來自重慶，剛到廈門不久，正風則是在廈門讀書、工作好幾年了，自然是正風帶著正芳四處遊玩，包括鼓浪嶼、曾厝安及南普陀寺等地方都有他們的足跡。

正風後來離開任職的台資企業，來到另一家位於杭州的台資企業，正芳便跟著他來到杭州。因為兩人關係已經穩定，便租屋同居，租屋的名義是由正芳出面。

正芳跟正風同居後，見時機成熟，便不斷遊說正風到北海投資。兩人甚至還一起到北海參觀樓盤，由正芳的老鄉也是國中同學老王一夥人陪同。

正風的興致被說動了之後，企圖說服上海的哥哥投資不成，便回台自行籌設投資公司。公司籌設成功後，原本正風還打算正派經營，募集資金前往大陸地區投資，但是正派經營的效果不彰，經營了半年都沒有起色，後來老王他們一夥人提供了這個點子給正風，正風是個聰明人，馬上就心領神會。

他在港都，自己把整個案子寫出來，然後交給部屬去執行，成效可說是立竿見影，半年不到，就馬上募集到近一億元資金。

正風見成效卓著，立即用同樣的模式說服投資人加碼，又花了一年多的時間，總共募集了將近五億元新台幣的資金，這些資金早就透過不同的通路匯進大陸地區的銀行，匯聚在一起，最後做為投資北海地區樓盤的資本。

正風的屍體是在德天瀑布的下游約十公里處發現的，那是一處彎道，河道較為寬敞，且有水草枯木等淤積在岸邊，屍體被沖進水草間，跟一堆枯木混雜在一起，被附近居民發現。由於水流非常湍急，屍體發現處距離落水處應該很遠，警方估計落水處應該是在德天瀑布附近，至於為何會無緣無故落水，的確啟人疑竇。

這條河川是中越的界河，屍體是在越南的邊界被發現的，中越的邊防聯繫非常緊密，沒多久屍體便被送到中方的邊防管理單位。

警方調查，死者當天是跟一名女子同行，根據旅行社提供的資料，這名女子叫做毛正芳，家住在重慶市九龍坡區。警方還查到她跟死者劉正風一同從杭州搭乘飛機到南寧，然後一起搭乘動車到北海，還一起搭動車回到南寧。但是，毛正芳獨自一人搭乘飛機回到杭州。兩人同行期間都住在同一家酒店同一個房間，顯然關係非常親密。警方因此把毛正芳列為重要關係人，但是因為死者還不能斷定為他殺，所以無法列為嫌疑人。

正芳接受警方偵訊時，說詞跟提供給旅行社的一模一樣，她說正風臨時有急事，要趕回杭州，所以他獨自一人離開德天瀑布。

這個說詞雖然令人起疑，但也無法斷定為他殺。

至於，正風的銀行存摺及印章為何在正芳那裡，正芳又為何拿著正風的存摺與印章要去領取鉅款呢？

根據中國工商銀行的行員描述，毛正芳當天帶著劉正風的存摺與印章，企圖領取劉正風銀行帳號裡面所有存款，金額為人民幣一千八百萬元，約合新台幣七千九百五十五萬元。

毛正芳向警方供稱，這些錢原本就屬於兩人所有，由於劉正風失蹤了，她只是暫時代為保管。否則接下來的投資案資金會出現缺口。

警方認為毛正芳具有重大嫌疑，但是因為沒有證據，所以暫時列為此案的關係人。

警方調查結果還發現，毛正芳與劉正風此次去北海地區投資樓盤，總共購買了二十個樓盤，總價將近八千萬人民幣，分別登記在劉正風與毛正芳的名下，屬於兩人共同所有。

局長這裡很快就得知了案子的偵辦進度，雖然追回贓款的可能性很低，但他還是設法做最後的努力，畢竟事關陳教授兩個女兒的教育費用。

我雖然身為局長的助理，但是對於局長竟能獲知案子的偵辦進度感覺非常好奇，因為兩岸關係早已進入冰河時期，兩會之間的溝通管道也已經關閉，局長如何得知對岸的偵辦進度呢？

局長開玩笑地說，「national security」。

接著局長解釋道，其實兩岸政治協商雖然停止，過去簽的兩岸共同打擊犯罪協議還是有效的。因為司法互助有助於打擊國內犯罪，儘管涉及主權爭議，但雙方還是願意合作下去，既然如此，就不會有任何一方主動提出要分手。

正風也常常在港都的摩天大樓眺望夜景，高樓層的夜景會讓自己感覺君臨一切，他凝望著港口，港都夜未眠，貨櫃輪卸完貨後，由領航員帶領駛出貨櫃碼頭，停泊在近海，以避免要繳付高額的碼頭停泊費用。

天氣晴朗的時候，傍晚可以看見遠處停泊著貨櫃輪，船上的燈火通明。

半夜時分，漁船出港捕撈漁獲，還可以看到漁火點點。

自從島嶼有政治人物主張大膽西進後，正風便非常認同此種主張。他認為島嶼子民要效法先民開拓的精神，不畏艱難渡海，然後征服外面的世界。閩粵先民不就是這樣前往南洋開墾，最後闖出一片天嘛！

他最愛舉拿破崙為例，說拿破崙出生在科西嘉島，科西嘉島還曾經屬於義大利，歸屬法國後，拿破崙前往巴黎發展，帶著濃厚的科西嘉口音，被巴黎的顯貴看不起，但是他最終不僅征服了巴黎，還征服整個歐洲，巴黎的凱旋門便是為了他而建。

這就是正風的夢想，征服大陸。

他喜歡小花服侍他的方式，就如同他喜歡正芳服侍他的方式一樣。

但是他沒有看清楚，每一種付出都會要求相對應的回報。

對小花而言，期待的回報可能是愛情，更正確地來說，應該是像親情一樣的家庭。而對正芳來說，期待的回報遠遠超過正風所能付出的，甚至要了他的性命。

警方偵辦正風的溺水死亡，最終找不到任何證據證明兇手是正芳，儘管警方懷疑死因是他殺，但是並未掌握任何直接的證據。這個國家也許稱不上民主，但是有基本的法治，沒有證據就不能定罪。

正風的財產依照法律的繼承關係，因為父母已經雙亡，而且沒有任何子女，他跟正芳或者小花之間都沒有婚姻關係，所以應該由上海的哥哥繼承，但是上海的哥哥獲知正風的財產是詐騙所得，同意交給島嶼的警方處理，將詐騙所得的部分交還給詐騙案的被害人。

陳教授因此得到部分償還的金額，但大約只有原來金額的一半，他已經覺得很慶幸，至少可以少奮鬥很多年。

根據島嶼警方告知的訊息，正風所有的財產除了已經交給島嶼警方的部分，在大陸應該還有不少的現金，公安甚至動員人力前往正芳與正風同居的地方進行搜索，但毫無所獲。

而且正芳不久也搬離杭州，回到重慶的老家。

過了一年後，正芳就在重慶永川開啟了一家服飾店，販賣女裝及首飾，做起了小生意，過過小資生活，也挺愜意的。對於她而言，島嶼終歸是一個遙遠的島嶼，而那個男人，也慢慢在她的生命中沒有了痕跡。

她得到的，都是正風合法登記給她的房產。

而且價值不斐，足以讓她一生不愁吃穿。

那些存款，在老王一夥人的逼迫下，她冒險去銀行領取，結果被公安帶去警局訊問。

目睹此狀，老王一夥人再也不敢逼迫她去領取，也許是害怕她把老王一夥人供出來。也許是老王在她跟正風的住處已經收刮了足夠的現金與財物。總而言之，他們確實不再出現，正芳偶而可以看到老王的微信朋友圈發的動態還在北海吃吃喝喝，不知道又看上了那一頭肥羊。

她不打算舉發他們，舉發他們自己也會有事。

而且在大陸，像老王這樣的人實在很多。

有一年她看了一部電影，叫做「天下無賊」，是劉德華、劉若英跟葛優主演的，她很喜歡劉德華，但是她覺得電影裡面的劉德華很傻，比王寶強飾演的傻根還傻，因為天下不可能無賊，賊是永遠捉不完的。

她跟老王是國中同學，有一次，同學會的時候互加了微信，老王關注她的朋友圈，知道她在廈門工作，可以認識不少島嶼來的人，便希望她可以說動島嶼來的人到北海投資。

正芳後來同意了，那時候剛跟正風認識，兩人正在拍拖，正風追得很積極，兩個禮拜後便將她帶去旅館過夜，破了她的處。

她原本希望正風能夠給她依靠，但是在廈門看多了像正風這樣的男人，便慢慢轉了念頭，希望自己能夠好好掙一筆錢，回到老家過簡單的生活。

她在足浴店擔任大堂副理，也因為這樣才跟正風認識，來足浴店的男人有許多都會要求特別的服務，價錢雖然高一點，但這些客人還是可以接受的。不過，這些男客人不僅喜歡年輕漂亮的，而且通常喜新厭舊，如果這次給二號這個小姐做過了，下次他們就想換小姐，換個八十八號好了，就算是原來的小姐服務很好也是一樣會要求更換。

有些客人會帶小姐來按摩，可能是小三之類的，或者從酒店帶出場的小姐，每次帶來的也都不一樣。

原先她以為正風跟其他男人不一樣，沒想到正風也會背著自己去跟其他女人約會，或者出入足浴這樣的場所尋求另外一種刺激與滿足。

因為自己也曾在足浴店工作，所以正芳一開始就有點自卑，為了讓正風盡量不要到外面找別的女人，或者儘量不要去足浴店找別的女人按摩，她都會讓自己在家裡就做到像足浴店小姐那樣的服務讓正風滿足。

正風確實很滿足於她提供的服務，但是就像上癮一樣，正風並不會因此就停止在外面拈花惹草，或者停止到足浴這樣的店裡尋求刺激。

到最後，正芳就學會了睜一隻眼、閉一隻眼，眼不見為淨了。

那一天，她看到老王他們出現在德天瀑布，其實一點都不驚訝。

因為那原本就是老王希望她做的安排。

正風看到老王一夥人也是有說有笑。

正風最後竟然上了老王他們租來的船，正芳只聽到他們的話題一直圍繞在越南妹妹多麼年輕漂亮，有的甚至未成年，價錢又多麼便宜，然後只要花點錢買通邊防，搭著船就能入境，神不知鬼不覺，當天就可以往返。

正芳對於他們男人要去尋歡作樂，一向就是睜一隻眼、閉一隻眼，只看到正風在老王的船上對她說，要她自己跟旅行社的車先回去南寧，不用等他了。

沒想到正風竟然徹夜不歸，隔天她就自己一個人搭飛機回杭州。

她不知道正風去哪裡了！

有時候正風一個人悶聲不吭地，就回島嶼了！

而那個島嶼對她而言，是非常遙遠的。

她曾經想過，如果正風那天不回來了，她要去對岸找他，恐怕也是找不著。

直到老王來找她，要她去銀行領取正風的存款，她才感覺不對勁。

老王威脅正芳，如果不去領錢的話，就會把他們聯合起來騙正風去北海投資的事抖出來，讓正風知道，因為正風買樓盤的價錢是當地市價的一倍，這次購買樓盤，已經讓老王他們賺飽了仲介費，海削了一頓。

正芳忐忑不安地進入銀行，被行員報警處理，直到公安訊問時才知道正風已經溺水死亡，她可以猜到幕後黑手是誰，但是她不敢說出來，怕到最後自己也脫離不了干係。

將北海的樓盤頂讓出去之後，正芳得到的現金對她而言，已經是天文數字。

她決定回到老家重慶，在永川開了一家服飾店，簡簡單單過日子。

她不想留在九龍坡，深怕有一天遇到老王，不知道會發生甚麼狀況。

她只想過著安穩的生活，永川的空氣很清新，她不想惹上任何麻煩。

她也不願意再去看正風最後一眼，正風的遺體據說由上海的哥哥領回，帶回島嶼安葬。

望著重慶山城遠處層峰疊巒，山霧瀰漫，她的內心也像霧一樣，連自己都看不清楚。

隔著海峽，那個遙遠的島嶼，對她來說依然很遙遠，甚至比以前更遙遠。

小花最後選擇回到後山，但是不跟繼父同住。

由於她對警方十分坦白交代案情，同時又主動交出了手頭所有贓款，檢察官最後決定對她給予緩起訴處分。

她回到後山不久，便找到一個類似導遊的工作，主要帶領遊客去觀賞鯨豚。

她非常喜歡鯨豚，每次看到鯨豚出現，她都會想像自己就是鯨豚，能夠自由自在地在海洋裡悠遊。

不久，她靠著自己的努力，以同等學歷考上大學，念的是旅遊觀光，她想要畢業之後，繼續與鯨豚為伍。

在這裡，天是藍的，海也是藍的，遠處的海洋，蘊藏著神秘的力量，越靠近沙灘，則越加清澈，最後甚至可以一覽無遺，目光穿透到海底。

她終於看透了自己的心，其實是如此純潔無瑕，如她面前的海水一般，清澈見底。

流麻溝的水流不停

流麻溝位於綠島，是過去白色恐怖時期囚禁政治犯的地方。曾經被囚禁過的政治犯無數，包括綠島女生分隊的隊員，這些隊員或者發瘋、遭到槍決，最後有幸離開的絕對是少數。

造訪綠島，要找到流麻溝極不容易，昔日的監獄已經被開闢成為人權園區，包括綠洲山莊及新生訓導處。

政黨輪替後，我們與對岸的情勢日趨緊張，戰爭隨時即將爆發的傳言不斷，對岸也的確從來沒有放棄武力，美洲老大哥則鼓勵我們積極備戰，因為歐洲有烏克蘭的前車之鑑，美洲老大哥除了提供武器販售外，也開始進行對我們軍隊的訓練。

除了正規部隊之外，島嶼的自我防衛力量仍是關鍵，民間人士開始倡議組織自我防衛力量，也就是黑熊學院。各地有志之士紛紛響應，並以黑熊為名，其中在綠島悄悄成立的這支特種部隊，稱之為「流麻溝黑熊」，是為了紀念白色恐怖時期，在綠島監獄遭到囚禁，最後罹難的政治犯。

流麻溝黑熊總共有十八名隊員，他們都是經過精挑細選，從數百名報名人選中，挑選出來的菁英。

招募時雖然是以建立島嶼自主防衛武力為號召，但其實這是一支特種部隊，要執行特殊的任務。

這支部隊的番號為「行動代號二〇二七」，由前空軍司令李雲飛擔任部隊長，部隊剛建立之初，移師到綠島，住在人權園區裡面，進行長達三個月的集訓。

這三個月，除了早晚嚴酷的體能訓練之外，其餘時間都在人權園區裡面進行各式各樣的研讀與參觀，並且與一些受難者前輩進行面對面的接觸與訪談。

這是一段苦難的歷史，對於許多年輕人而言，早已被遺忘，歷史教科書在威權體制時期根本隻字不提，政黨輪替後，雖然有所改善，但是學員所知仍甚微。

這次營隊集訓的主題為「傾聽歷史的縫隙」，這個縫隙曾經是歷史記憶的斷裂之處，斷裂之處有鮮血，有許多人內心的傷痕，一條一條的傷痕，在失去記憶的年代，被一刀刀割畫出來，人的內心是痛的，但痛苦到極點的時候，反而失去了知覺。

舞姿是曼妙的，為了表現時代蒼白的一面，讓紅色的舞衣呈顯我們曾經年輕，而充滿理想、熱情的面容，在無盡的藍色大海裡，波濤洶湧，那是我們可以任意馳騁的自由啊，將用詩歌來葬送，我用天空來包容靈魂，只因太多的悲傷無處安置。

透過與早期政治受難者面對面的訪談，對於歷史現場的感受當然相對深刻，尤其是這些前輩們無端失去自由的心情，可以說是身歷其境。

所以，這三個月課程與訓練，除了體能之外，其實是思想、心性的教育訓練。

我被邀請擔任這個營隊關於白色恐怖歷史課程的介紹，歷史總是枯燥乏味的，尤其是政治迫害的歷史，大概談的都是威權體制下的冤獄，對於言論自由的箝制，還有眾多政治受難者遭受政治迫害的歷程。

沒想到，台下的學員專注聆聽的神情，是我在大學課堂上從未遇到過的。

這支部隊在綠島結束三個月集訓後，隨即移往谷關進行三個月的特種部隊訓練，綠島的集訓是體能及心性的訓練，谷關的集訓才是真正特種部隊的訓練，包括攀岩、高空垂吊等山訓，溜索過河等。

接著又轉往嘉義的無人機園區，接受三個月無人機駕駛的課程與訓練。無人機早已應用於軍事領域，除了偵查之外，還可以執行轟炸的投彈任務，加上機上可以裝備輕武器，無人機也可以進行暗殺任務。

無人機的課程與訓練是由漢翔前任總經理，現任乾坤航太的方董事長負責，他派遣特助威全在現場全程督導及負責教學協助等，無人機的操控並不困難，學員要接受的不只是無人機的操控，還包括無人機的結構，拆裝分解、重新組合等，複雜度不算低。

所幸，乾坤航太公司在這方面執島嶼的牛耳，專業程度有國際級的水準。所以，可以很快地讓學員上手。

乾坤航太這次使用的無人機是美洲老大哥提供的MQ-9型，外號「死神」。所以這次行動代號又稱為「死神」。

這架無人機基本款可以掛載彈藥二千一百磅，約九百五十公斤，但是如果全部掛載彈藥，則續航力只有十四個小時。

升級後的「死神」無人機可以搭載八枚地獄火飛彈，但是，飛彈要進入對岸國境相對困難。升級後可以掛載四千八百磅彈藥，約一千七百公斤。滿載時續航時間為二十三小時。

方董是我大學時期從事學生運動的好友，他自許為島嶼馬斯克，一心一意要發展太空科技，雖然目前為止，他的成就主要是在無人機，但已費盡他所有的財力，他的祖上留下一塊土地，價值大約十五億台幣，據說全部賣掉，拿去研發無人機了。

當然，島嶼的無人機技術已經可以跟得上世界水準，但為了繼續發展無人機，方董也只好找人來幫忙投資了。

這次的行動獲得方董全力的支持。

很少人知道，其實方董家就是二二八事件的受難者，他很少跟別人提及此事，就是在學運時期，他也幾乎沒有提過。

為了籌募資金，所以他沒有出現在這支特種部隊「死神」的集訓現場，這是我完全可以理解的狀況。

一直到嘉義的無人機園區為止，其實，學員都不清楚自己的任務為何，只知道自己是國土防衛力量的一部分，也是非常重要的一環。

這支部隊的下一個集訓地點是國防大學北投校區。在前往北投校區之前，他們有一個星期的假期，為了避免洩密，他們放假前仍然不知道自己真正的任務。

回到位於阿里山下的老家，方董傳來了他的訊息與問候。

「老友，我今天無法去集訓營，請代我向大家致意，我必須為公司的繼續營運籌措足夠的資金。

請向所有學員獻上我最高的敬意。」

我到目前為止，也不能透露此次的任務。
的確，為了這次任務，所有學員都值得我們獻上最高的敬意。

在杜拜的時候，我跟王兄就談到了我們跟對岸之間關係發展的各種可能性。不可諱言的，戰爭是可能的一個選項。

王兄跟我強調，島嶼的獨立是他們絕對無法忍受的。

我可以理解王兄的想法，事實上，島嶼現在也沒有宣布獨立的必要，因為，事實上已經獨立。

王兄又說，「既然如此，更不應該搞島嶼獨立。」

我說，「現在島嶼的人民真正認為需要搞獨立的人畢竟不是多數，問題是對岸一直要逼迫我們統一。這樣只會助長人們覺得需要用宣布獨立來證明自己。」

王兄說，「現在局勢已經迫在眉睫，如果戰爭一旦爆發，後果不堪設想。」

我說，「這個我也知道，我們都不希望戰爭發生，但有些人期待戰爭爆發。」

王兄說，「我們認識這麼久，你說說看，為何不願意跟我們統一呢？」

我說，「島嶼現在已經擁有民主體制，而且享有各種自由，這是我們絕對不願意放棄的，除非對岸一樣實施民主體制，統一才有可能。」

王兄嘆了一口氣，「民主這種東西需要時間。」

對岸的大老板為了對付黨內異己，已經除掉一個重慶市委書記，一個政法委書記，還有過去的江派上海幫、胡派共青團，王兄其實自己心知肚明，對岸的體制是越走越回去了。

那次的談話雖然有點不愉快，但我聽得出來王兄其實也不希望戰爭。同時，可能是家庭背景裡面，父親是文革的受害者，王兄對於目前的政治鬥爭心裡有些不滿，但不好表達。

我們後來停止了這個話題。

上海灘的星光

關於「大膽西進」，也不是每個人都是失敗的案例。

我的哥哥Dan，就是一個成功的案例。

我倒不是要特別提出這個案例，鼓勵大家大膽西進，而是這個故事到了這裡，是他該登場的時候了。

我的哥哥Dan，從小英語就學得不錯，念國中的時候，因為父親管教嚴格，經常對他用打罵教育的方式管教，他在情感反彈的情況下，就開始混幫派。可見其性格之剛烈。

混幫派的過程，被自己人唆使持刀去殺人，雖然沒有把人殺死，但對方重傷，他自覺顏面無光，難以在鄉里之間立足，因此自己決定要去念軍校。

在軍校裡面的生活異常艱苦，他有幾次幾乎無法忍受，要求退學，母親勸誡他家裡沒錢清償所有退學產生的費用，要他堅持忍耐下去，並要求軍校裡面幫他調離現有編隊，不要讓其他同學繼續霸凌。最後，他終於渡過難關，順利畢業。

他在士官學校的成績優異，可以保送官校。另外一個選擇就是到美國學習修理飛彈。當時，美洲老大哥在島嶼部署了兩種飛彈，一種是中低空攔截飛彈，另一種是高空攔截飛彈，他負責學習修理技術的是高空攔截飛彈，在當時算是高科技。

為了學習修理飛彈，他曾經到美洲老大哥那裡受訓，待過阿拉斯加及阿拉巴馬。回到島嶼繼續服役，便是駐紮在飛彈營附近，負責修理飛彈。

退伍後，他便藉著這個修理飛彈的技術，到一家全島嶼最大的貿易商工作，這家貿易商進口各種商品，其中一項便是汽車零組件，Dan所學習的修理飛彈技術主要是機械方面的專業，剛好派得上用場。

就這樣子，在這家全島嶼最大的貿易商裡面開疆拓土，曾經外派到北美洲、中南美洲，甚至歐洲，都有不錯的成績。

對岸改革開放沒多久，這家全島嶼最大的貿易商便外派他去魔都擔任分公司的負責人，起初五年，分公司業務一直虧損，理由很簡單，說出來也許有點丟人，就是他經常被騙。那時候，對岸剛剛開放，很多事情沒有規範，譬如他下訂金給對方，對方不出貨，或者出貨不按約定時間，導致他被買主扣款。或者出貨品質太差，良率不到五成，甚至不到三成，這種現象在改革開放之初非常普遍，他把長三角的所有廠商都跑遍了，好不容易才整理出一份良率較高的廠商名單。

此後，為了應付那些拿了訂金事後違約的廠商，他想到了一個「以其人之道、還治其身」的方法。如果任由廠商這樣違約，公司自己要吸收損失，遲早要倒閉。因此，他重複下訂單給廠商，廠商提供的貨物如果逾期違約被扣款，或者良率不足被扣款，通通可以算在廠商頭上，因為有兩次貨款可扣，較能夠彌補公司損失。從此之後，他找到對付廠商的方法，公司的營運也漸漸上軌道，第六年開始轉虧為盈。

正當分公司開始賺錢的時候，卻發現北都的公司高層竟想要把他撤換掉，典型的過河拆橋，我勸他自立門戶。否則，他累積的經驗與資源都被公司接手，他卻兩手空空，一無所有，只剩遣散費。

由於買主都是他多年來累積的客戶，跟隨他成立新公司馬上可以接手，他開闢出來的廠商只要有訂單，也都願意跟他成立的新公司配合，接下來就剩這些公司的員工。

還好公司員工都是他一手培訓出來的，所以忠誠度都很高，一聽到他將成立新公司，都表明意願跟隨，Dan也承諾只要新公司業務上軌道，則會立即將薪資恢復到過去水平。

Dan成立公司後，果然業務蒸蒸日上，隨著對岸改革開放的成功，他的財富累積也以驚人的速度增加，慢慢地，他就成為真正的億萬富翁。

但是，真正令他致富的原因是魔都屹立不倒的房產市場，對岸在經濟成長的過程中，由於市場熱錢不斷地炒作，房市早已過熱，魔都身為兩千萬人口以上的大城市，自然是首當其衝。

Dan在魔都自己創業的時候，整個分公司團隊都被他帶走，這個團隊原本就是他訓練出來的，其中有兩個女子特別能幹，Jeniffer後來成為他的妻子，並且執掌新公司的業務，並為他產下兩子，坐穩老板娘的位子。

另外一位女子Lucy與Jeniffer不合，Dan雖曾出資協助他成立公司，奈何新公司營運不佳，只好草草收場了，最後不知去向。

Jeniffer自小在魔都成長，對於魔都的房產市場十分熟悉，凡是他看準的點，幾乎每投資必翻倍。因此，Dan的財富也在短短數年之間翻倍，這比他過去辛辛苦苦做業務，買賣汽車零組件所賺的錢，真的不可以道里計。

Dan的生活當然也日漸闊綽，譬如出入魔都高級俱樂部，享受一次人民幣一千六百元（依照當時幣值約台幣八千元）的按摩服務。這些俱樂部都位於高級商業區內，我也曾跟Dan去過幾次，出入都會有專業停車場，到達俱樂部時必定有門口服務生接待，換鞋子進場。一進場則有年輕貌美女公關帶路，這些女公關一律穿著制服，有些是套裝短裙，有些則是現代開高叉旗袍，領路到達淋浴處，則進入高級三溫暖的空間，寬敞的淋浴間，裡面還有男性的服務生提供毛巾，甚至為你披上浴袍的服務。

淋浴完，擦乾身體，穿上浴袍，就會到達餐廳服務區，這裡備有各種飲食，餐點及飲料幾乎都是免費招待。

接著挑選自己喜歡的技師，像Dan這樣的老點當然都有固定的技師服務，有時候他興致一來，還會一次點兩位技師服務，至於如何按摩，技師之間當然會自己分工。

專業的大堂經理將客人領至包廂後，進入包廂內，技師不久就會進入包廂開始為客人按摩。基本上都是由指壓先開始，但真正令人感受到愉悅與放鬆的療程則是油壓，而且使用的都是高級的精油，譬如玫瑰精油或者薰衣草的精油等。

這種高級的俱樂部基本上沒有提供情色按摩服務，如果有客人與技師私下談妥價錢出場的，我就不知情了。我跟Dan去的按摩場所都是正常的按摩服務。按摩完之後，可以到三溫暖再泡一下熱水，或者使用蒸氣浴、烤箱等。

我造訪魔都至今約三十多次，每次我跟Dan約見面，他必定會去按摩，我問過他，平均一周大約按摩幾次，他說平均兩、三天一次，一周大概三次。因為，沒有按摩他會睡不著，所以，他常常按摩完後，直接睡在包廂裡面，由於他是ＶＩＰ，可以在這裡睡到天亮，沒有人會趕他。

由於他幾乎是每年的ＶＩＰ會員，按摩費用當然是有折扣的，平均折扣下來一次也要人民幣一千兩百元，依照當時幣值約台幣六千元，像我這樣的薪資階級當然平時是消費不起的，所以，可見我們生活在不同的水平。

Dan的資產，在全盛時期大概有人民幣八億元，約合台幣四十億元。當然，他後來有做了一些錯誤的投資，所以，難免有虧損。

但是，不是每一個島嶼的商人都如此幸運，也有人經營事業不順到最後幾乎是傾家蕩產，甚至連買機票回島嶼的錢都沒有。

Dan就跟我提過幾個例子，譬如有某位生意人在這裡開公司，生意也不錯，公司業務很賺錢。有一天，他回島嶼幾天，再回到魔都，公司已經不在他名下了，被對岸的妻子夥同公司幹部將公司登記到這位妻子名下。說是妻子，其實並沒有名分，因為這位企業家在島嶼還有一個法律名分下的妻子。也或許這個對岸的老婆沒有安全感。總而言之，公司跟整個事業一夕之間易主，而公司幹部跟這位對岸的妻子繼續經營，仍然有聲有色，繼續賺錢。這位生意人想要向法院提告，奈何告不成，因為手邊沒有任何資料可以證明，公司的資料都在對岸妻子與幹部的手中，只能認栽了。

另外一個故事，是Dan在島嶼就認識的好友王董，這個王董在台灣就是以快遞起家，到對岸的時候也仍然繼續經營快遞。

沒多久這家快遞變成對岸最大的一家快遞，我問，「那怎麼會倒呢？」

Dan笑說，「沒倒，最後轉手賣給別人，其實是賣給自己公司的幹部，而且賣的價錢已經很低，不值錢了。」

Dan補充，「如果真的要說公司倒了，也是王董自己弄倒的。」

我好奇地問，「怎麼說呢？是對岸的官二代、富二代要搶來做嗎？」

Dan說，這倒不是，他們可能還看不上眼，對岸的富二代、官二代要做的是像萬達那種商場及房產開發兼炒地皮，那些才好賺。

Dan欲言又止地說，「其實要怪王董自己。」停頓了一下，他說，「王董的缺點就是喜歡女人，喜歡女人也沒關係，他只喜歡年輕漂亮的女人。」

王董過去對岸創業的時候已經快要五十歲了，長相也很普通，甚至有點醜陋。年輕漂亮的女人怎會看得上他，跟他的原因很簡單，就是看上他的錢。

偏偏他每次找的秘書或者會計都要找年輕漂亮的女人，因為秘書或者會計都在身邊，比較好下手。當然也有女人不愛慕金錢的，就不會配合，但大部分都可以得手。

壞就壞在，王董得手後沒多久，他就膩了，想要再換新的，那些原本跟他的年輕漂亮女人也會覺得沒有安全感，當然想要拿一筆錢就離開。就這樣，每次他都要拿一筆錢當作遣散費或者遮羞費，而且有的是秘書或者會計，可能還握有他公司的把柄或者密帳要脅等，給出的遣散費就更可觀了。

我點點頭，又問，「光是這樣就足以把整個公司搞垮嗎？畢竟曾經是對岸最大的快遞公司。」

Dan回答，「當然不是。跟業務也有關係。」

他說，「快遞因為有區域性，所以，幾乎每個省份都必須設立分公司經營，王董不可能每家公司都自己管理，最後一定要交給當地人負責營運管理。」

以前沒有台幹管理公司的概念，就算有，也不見得每家分公司都能找到台幹負責管理，畢竟當地人擁有人脈，負責營運的話業務推動相對容易，久而久之，當幹部掌握公司業務後，通常就會出去自己開一家公司。把原本的業務瓜分了。

我嘆了一口氣說，「原來如此。」

Dan說，「還有一些農村來的，野心不大，可能原來只是個負責送貨的快遞員，當他發現有業務上門的時候，可以不用公司的名義接單，自己用更便宜的價格接單。如此，可以當作外快，搞不好比公司接單賺得更多，久而久之，公司的業務量也會一直減少。」

這種類型的農民工雖然沒有能力開設一家全省的分公司，但是可以包攬一個縣的業務，或者偷偷自己跑業務，表面上還是接公司的單，但卻是造成公司業務量減少，甚至開始虧損的原因。

這樣經過十年，王董原本那家對岸最大的快遞公司逐漸被蠶食鯨吞，三十幾個省分的分公司越來越少，最後只剩起初創業的長三角附近的分公司，又加上他不斷喜新厭舊付出的遣散費或者稱之為遮羞費，公司的財務也不佳，最後住在島嶼的元配也跟他離婚了，因為王董早已不愛這位元配，對方也知道他在對岸這裡三妻四妾又朝秦暮楚，王董最後就乾脆把幾家剩下的分公司頂讓給幹部，拿了一筆錢，繼續包養年輕漂亮的小三，總有年輕的女孩願意以身換財，反正青春有價，但王董到底能持續這樣多久呢？

經過Dan點醒，我才知道，原來有幾次我們跟王董見面時，出現在他旁邊的女子都是這種類型的伴侶。

前幾年，當我再看到王董時，他都是孤身一人，等到他離開，我就問Dan王董來訪的目的。王董的目的都是要借錢，名義上是要投資，但實際上是什麼呢？Dan搖搖頭說，「這種錢借出去就要不回來了，我也沒義務幫他養小三」，如果真的是去投資還好，就算是投資，Dan也不想去投資陌生的行業，怕被騙。以Dan在對岸混跡三十年的資歷，他還是怕被騙嗎，我這樣問，他說，「對，而且會騙你的都是你最熟的朋友，跟你一起從島嶼過來的朋友，因為他們混不下去，就只能來騙你，有時候甚至聯合對岸的人來騙你」，所以，現在王董來找他，他只請王董吃飯，頂多請他按摩，再來就把他打發走了，借錢免談。

我說，「如果他不走呢？」

Dan笑笑說，「按摩完，就得走，他也沒錢付帳。」

我看著王董的背影，竟有一絲淒涼的感覺。但是想想Dan的描述，這不就是自作自受嗎？能怪得了誰呢？

自己當老板，經不起誘惑。加上員工終究要自己創業，以致於最後兵敗如山倒。

如果是企業外移，結局會比較好嗎？

我拿到博士學位後，曾經應徵一份辦學的工作，位置在鷺島附近的漳州。這是一家製造電器的台資企業，又名「黃色企業」，倒不是企業本身的經營跟色情有任何關聯性，而是企業的Logo與商業形象設計充斥著鵝黃色，因此被戲稱為「黃色企業」。

我在企業裡面負責辦學，籌辦一所技術學院，企業在當地已經有一所中專，所謂中專大概相當於島嶼的高職，也就是國中畢業後選擇念的職業學校。

「黃色企業」要籌辦技術學院，地方政府當然很歡迎。但這其中有些「貓膩」，是企業高管一開始都不想提的，我也被蒙在鼓裡，我一心以為企業是真的要興學，沒想到，是一場騙局。

台資企業到對岸設廠，一開始都享有許多優惠，譬如銀行零利率或低利率融資、土地免費取得或者銀行免利息貸款、勞工供應的專責單位、單一便捷窗口等，反正只要資金到位，地方政府為了吸引投資可以說是無所不用其極。

當然時間久了之後，可能就會開始出現問題。

譬如對岸政府對於勞動合同法的執行相對比較保護勞工，薪資的調整慢慢不符合許多勞力密集產業的期待，工廠生產線的外移，導致聘僱的勞工數量沒有符合當初簽約的期待，各項優惠政策或配套措施就會開始減少，土地如果是購地當然歸企業所有，如果租用就會有被收回的風險。

黃色企業的廠房當初就是租用而非購地，由於東南亞的薪資便宜，生產線開始外移，雇用人數減少，面臨部分土地被收回的窘境，便動了辦學的念頭。

保住土地的方法有幾個，一個是搞文創事業，另外一個就是辦學。

我負責的是辦學的部分，往來省教育廳多次，感覺到省教育廳並非刻意阻撓，而是少子化的趨勢，加上私人興學已經飽和，因此省教育廳並不支持。

「黃色企業」的老板擔任省政協委員，便運用這個身分施壓，省教育廳也不敢完全反對，因此，案子一拖再拖，進度遲緩。

我的部門由一位副總負責管理，這名副總身兼董事會秘書，曾經負責企業的IPO，非常清楚企業辦學的目的及過程。但是，身為我的主管，他對這些事情隻字未提，只是強調省教育廳有意刁難。

由於辦學遲遲沒有進度，我就跟在這位副總旁邊打雜，兼任他的司機。最後，因為對企業來說CPI太低了，我最終還是離開了黃色企業，離開沒有兩年，黃色企業就從上證B股下市了。

這家黃色企業曾經是島嶼電器量販店的龍頭老大，剛剛到對岸時也曾經風光一時，在每個省分的一線城市都設置分店，全國展店五十幾家，搞得有聲有色的。沒想到不到一年，就草草收場，理由是企業認為分店管理運營要由台幹負責，偏偏這些台幹都是在島嶼新招收的幹部，缺乏經驗，到了對岸，就更加是人生地不熟了。對岸那種狼性的企業文化，這些島嶼帶過去的幹部根本就壓不住陣腳，分店的業務無法拓展，業績遲遲不見起色，只好將一家家分店結束營業，這一次盲目擴張，讓老板元氣大傷，董事會只好改組。

副總這次跟我透露的內情，倒是屬於實情。只是不久我就離開了，無法看到台資企業真正的興衰。

回到旅館，我又想起那個俄羅斯女郎。以前出任務的時候，我都是等任務結束，才開始獵豔。但是這一次，我卻迫不及待地要見到俄羅斯女郎，倒不是我第一次見到俄羅斯女郎，而是我有預感，明天的任務會很麻煩，不如今朝有酒今朝醉。

我嘗試用微信跟俄羅斯女郎聯繫，她果然還沒睡。我跟她說希望今天晚上她能夠來酒店陪我，她說「好啊！」，她已經跟我說過代價了。我說「沒問題！」，告訴她我的酒店名稱地址後，她說她就在附近，大概二十分鐘內會到。

我感覺到有點興奮，但是又不會勃起，好像只是心裡興奮，但身體並不興奮。

她比我預期中早到，大堂通知外面有訪客，我出去一看，果然是她。

我帶她進房，進房後立即抱住她，親吻她的嘴唇，她笑笑說，「代價呢？」我把準備好的人民幣交給她之後，她主動抱住我，開始親我的嘴，她的身高並不高，大約只有一六〇左右，但是臉上充滿了笑容，不像有些女生把這個當作工作，感覺起來她好像在玩一個遊戲一樣。

我看著她碧綠色的眼睛，連瞳孔都是深綠接近墨綠的感覺，突然之間興奮了起來，身體好像有反應了，我拉起她的上衣，解開她的胸罩，她的皮膚果然白皙，我親吻她的乳頭，她的乳頭是粉紅色的，她笑得更誇張了。

我將她放倒在床上，她主動脫掉上衣，她的乳房並不大，小巧玲瓏，跟她的身材一樣，如果她不說年齡，我會以為她只有十六歲或甚至更小，實際上她的年齡，根據她表示是二十二歲。

她開始脫掉外褲跟內褲，白色的內褲、白色的胸罩，由於北京天氣冷，上衣是毛衣，褲子是毛褲，她比我想像中瘦。

雖然屋子裡面有暖氣，可是有點冷，她還是躲到被子裡，這個時候，她才顯出有點害羞，我拉開棉被，開始親吻她的身體，身體的重要部位也是粉紅色，她略微顫抖的身體顯出她的興奮，也顯露出她的性經驗應該不多，我感覺心裡更為興奮了，但是身體好像還是不太行，硬度不太夠，於是我繼續親吻她的身體。

沒想到她主動把我的頭抬起來，對著我笑，似乎是希望我能夠插入，我勉強進入之後，才稍微變硬，不知道是天氣太冷，還是暖氣太熱，我今天晚上的表現很無力，努力了幾分鐘後，就感覺想要放棄了。

她還是對著我一直笑，然後，偶而會閉上眼睛。

我感覺自己軟了，沒有辦法再插入了。有點失望，但也莫可奈何，只好躺下，她就這樣笑著坐在我旁邊，捉起棉被蓋在自己身上。

我感覺睏了，竟然睡著了。

等我醒來時，發現自己的行李竟然全部被打開，散滿床鋪與一地，她依然對我笑，但手裡多了一把手槍，一把看起來很像玩具槍的手槍，但我相信它並不是玩具槍，我驚訝地說不出話來，只是張大了嘴巴。

我心裡想，一定是每次我出任務都要獵豔的習慣，被對方掌握了，這次特別派一名特工來。可是我仔細想想，對岸如果要掌握我隨身攜帶的行李，很簡單，甚至可以直接搜查我的行李或房間，何必那麼大費周章呢？

只見她張口問我，「代號二〇二七」是什麼意思？我搖搖頭，她好像也不想跟我多說廢話，右手持槍外，我這個時候才發現她左手有一個針筒，她將針插入我的頸部，只有一絲疼痛感，我又再度陷入昏迷，但這次昏迷跟剛剛不一樣，剛剛是睡著，這次我並沒有真的睡著，頭腦好像還很清醒，但又好像在作夢，可是又醒不過來。

我突然想到有個笑話是，「不要隨便進入別人的身體，因為別人也可能會隨便進入你的身體。」

等到我醒來的時候，已經是早上八點多，我跟老潘約定的時間是十點，還好沒有錯過。我的行李還是四散在床上跟地上，她已經走了，我不知道這幾個小時發生了什麼事情，她顯然對於我的身體沒興趣，而是對於我腦袋裡面的東西感興趣，迷迷糊糊中，她似乎問了我很多問題，而且都跟「代號二〇二七」有關。

我到底對她吐露了多少關於「代號二〇二七」的內容呢？

正當我感覺到疑惑的時候，小張突然傳來訊息，提醒我記得待會兒十點要跟老潘見面。

如果俄羅斯女郎是對岸派來的，那麼，老潘何必大費周章地跟我見面，除非俄羅斯女郎不是對岸的特工，至少她跟老潘不屬於同一個單位。

那她到底屬於那一個單位呢？

我匆匆忙忙地將東西整理一下。

簡單梳洗之後就出門了。

前往跟老潘約定的咖啡館見面之前，我得先喝杯咖啡提神，順便吃個早餐，簡單地買了一個包子果腹，喝完咖啡，還有很充裕的時間。

老潘約定的咖啡館叫做「兩岸咖啡館」，這家「兩岸咖啡館」離我並不遠，但是咖啡館附近沒有地鐵站，無法搭地鐵前往，走路又嫌太遠，而且今天早上顯得沒力氣，大概無法走路前往。最後決定打D，到達兩岸咖啡館發現我提早了半個小時，老潘還沒到，小張負責先接待，他示意我先進去坐，然後，可以先點飲料。

我就不客氣進去坐下，點了一杯黑咖啡。

這家兩岸咖啡的裝潢跟其他家很像，座椅一定是很舒服的沙發，有很高的靠墊，沙發都是布面，雖然跟皮面還有木椅比起來難清洗，但觸感比較舒服，為了維持清潔，坐墊跟靠墊都是必須的，方便拆卸後清洗。

我躺在靠墊上覺得蠻舒服，似乎短暫忘記昨天晚上不愉快的經驗。事實上，我從未真正了解那名俄羅斯女郎是那個單位派來的，以及他到底知道了多少關於「代號二〇二七」的內容。

還好，我所知道關於「代號二〇二七」的內容也只是一部分，就算我全部講出來，也無法獲知全部的計畫內容。這應該是當初制定計畫的人設想周到的結果。除了那位制定計畫者之外，其他人知道的都只是一部分，而非全部。

王光羽是我在空軍官校的得意門生，所以，「代號二〇二七」的指揮官徵詢我的意見時，我便推薦她擔任種子學員。因為她學習能力強，歸納整理的能力也強，筆記整理得井井有條，可見思緒非常清晰，她最後以第一名的成績從空軍官校畢業，而且專業就是選擇飛行，畢業後也順利成為一名飛官。

至於另外一位學員陳建廷雖然也是空軍官校畢業，而且成績不差，但個性比較驕傲，有點目中無人，任性而為，不太能服眾，另外一點，雖然陳建廷是男性，但選擇的專業是後勤支援，不太符合美方希望種子學員由飛官擔任的標準。

在國防大學北投校區受訓期間，王光羽有一天突然傳訊息給我，希望跟我談一談。由於當時正在受訓期間，學員不能隨便離開校區，但是我可以出入校區，因此，我就選擇了當天下午下課時間前往，順便帶了一杯咖啡到會客室跟她見面。

她的神情確實有點緊張，我請她先喝口咖啡再說，她選擇的是較為爽口的焦糖拿鐵，不像我，一直都選擇喝枯燥無味的黑咖啡。

「教官，我直到今天才知道，我們的作戰地區是在北京。」

她這樣說的時候，其實我一點都不驚訝。我不是強作鎮定，而是早就知道。

「可是」，她說，「我沒去過北京。」

這是事實。

由於任務的關係，她的身分已經不是現役軍人，而是某大學戰略研究所的研究生，以方便她入境對岸。

這些風險其實我都知道。

除了她之外，還有五名學員都是空官畢業的學生，因為總共有六組成員，每組三名成員，要駕駛一台無人機，需要三個成員，一人負責駕駛，一人負責雷達監控，一人負責操作武器系統，其實編制比一架戰鬥機還要複雜。六架無人機，總共需要十八個人。

其實光羽應該也知道，既然是作戰，當然會有傷亡，只是這次任務，有去無回的可能性很高。如果任務能夠完成，那麼逃脫的機會就變高了，如果沒有完成，恐怕機率是等於零。

光羽談到她的父母還被蒙在鼓裡，不禁眼淚從眼眶中流下，當它們停止在眼眶中打轉時，我只能眼睜睜看著他們流下。

「教官會陪你們去。」

「我會在北京，你放心，隨時支援你們。」

光羽臉上稍微露出一點微笑。

「真的嗎？教官。」

我點點頭。（我說的是實話）

光羽此時的反應倒有點像小孩，失去平日的沉穩。有點令我意外，但我沒有對她失望，畢竟這對一個不滿三十的年輕人來講，是一個人生重大的抉擇。

光羽接著談起她的家庭，還有她的童年。娓娓道來，這些我不知道的過去，她都在那個晚上向我訴說道盡。

原來她的父親也是一名飛官，在一次任務中殉職，所以她從小的夢想，便是跟父親一樣，駕駛戰機，翱翔在天空。

可以想見，要克服重重阻礙，包括性別歧視，最後如願當上飛官，對一個年輕女子來說，是如何的艱難。

我目送她離去。

她離開後，我順道造訪了指揮官，也就是前空軍司令李雲飛上將，談及目前學員需要心理建設的狀況，他也有所理解，會委由專家或者親自進行訪談。

關於此次出任務的學員，在任務完成後的援救計畫，都已經準備妥當，只是不便向外透露，因為這是高度機密。

還好我不知道，因為不知道，即便敵人把我的腦袋挖空，也找不到任何蛛絲馬跡。

我最後的任務是前往對岸，佯裝跟平常一樣與對岸接觸，這是一次偽裝任務。也是跟對岸學習，對岸過去在國共鬥爭的歷史中，運用過無數次的欺敵戰術，所謂「兵不厭詐」，對岸奪得政權的過程中，每次重要的作戰行動前，必定擺出要跟對方和談的模樣。我們這次行動也是如此，透過這個既有的聯繫管道，探聽對方的虛實，如果對岸有所防備，也要適時將消息傳回。

我配備了一支加密的蘋果手機，這支手機跟平常的手機無異，其實是改造過的一支無線電傳送器，透過衛星也可以傳送，我能夠傳送的設定密碼只有三個英文字，S=Save，代表對岸仍然不知道此次任務，D=Danger，代表對岸已經知道這次任務，有所防備。U=Uncertainty，代表我無從得知對岸是否已經知情，其實也代表我的任務失敗。

如果說「代號二〇二七」的撤退計畫可能失敗，那麼我的撤退計畫失敗的可能性更高。我預定搭乘高鐵先離開北京，因為北京屆時一定一團亂，可能會封城，我必須先離開北京，高鐵是一個比較可能的管道，我預定搭高鐵到上海，然後回到島嶼，這是A計畫。

如果A計畫無法成行，則先前往山東，山山東搭船前往南韓，這是B計畫。

C計畫則是搭高鐵前往福建廈門，由廈門搭船前往金門。

如果三個計劃都不成，任務小組配備有一顆終極藥丸，即時服用，心跳立刻停止，以免被捕，遭到刑求，供出一切，這顆藥丸我隨身帶著，以備不時之需。

所以，我的任務是掩護真正的任務「代號二〇二七」，也就是「死神」。

我現在擔心的是，昨天晚上的俄羅斯女郎到底是誰？他知道了多少關於「代號二〇二七」的內容。

此時的我，不禁為自己的好色懊悔，懊悔自己看了太多〇〇七的電影，把獵豔視為任務不可或缺的一部分。

說起來，這也是好萊塢電影惹的禍，但平心而論，獵豔不也是電影引人注目的橋段之一嗎？所以每次才會安排不同的女明星擔任龐德女郎。

人總是為自己的行為合理化，此時此刻的我仍然不會例外。

十八名隊員，結訓了，就不能再稱之為學員了。

他們分別從不同的口岸入境，避免集體行動，引人注目，廣州、港澳、廈門、福州、寧波、杭州，避免從魔都直接入境是最高指導原則，因為貨物是從魔都入境。

原本計畫連無人機都透過貨櫃入境，但是武器系統太容易被查獲，最後只有六台控制平台透過貨櫃入境，而入境的地點正是魔都。

如果由島嶼的公司進口，師出無名，姑且不管對岸的海關是否同意，光是進口的公司身分就很可疑。

最好是一家在魔都立足數十年的老字號，長期從事進出口貿易生意的公司，公司註冊的負責人最好是當地人，Dan的公司無疑是最好的選擇。

Dan會願意以公司名義出面進口貨物嗎？這次恐怕由不得Dan了。

我經由魔都前來對岸進行交流及各項情報工作已經超過十年的時間，這十幾年來，我每次出任務幾乎都會來Dan的家待幾天，而他對於我的任務總是鉅細靡遺地詢問，有時候，我真的很懷疑，他並不是一個生意人，他對這些事務的興趣比我更像情報員。

我能告訴他的，當然是我能夠透露的部分，其他不能透露的，只能避重就輕，虛與委蛇。最令我驚訝的是，他常常能夠猜出我所不願意談論的內容，好像他早就知道一般。有次，我故意不告訴任何人我的行程，包含家人在內都不知情，除了我的老板之外，沒人知情。結果，他竟然知道，這次的測試讓我對他的身分進行了重新評估。

Dan久居魔都超過三十幾年，是否已被對岸的情報單位吸收。可是依照他過去的經歷來看，又不太像，何況對岸的情報系統消息並沒有那麼靈通。

最後，我判斷他應該是年輕念軍校時保送美洲老大哥學習修飛彈技術時已被吸收，長期提供情報給美洲老大哥，難怪，他每次討論國際時事必稱許美洲老大哥，而且從來不諱言自己是親美派。

Dan是我同父異母的哥哥，我十歲時，父親因病去世，他對我頗為照顧，長兄如父，雖然發覺了他多年來的秘密，但我並沒有揭穿。

這次為了「代號二〇二七」任務，也只有他能夠幫上忙了。我當面告知這個任務需要他協助，他笑了一笑，對我嗤之以鼻。我不假辭色地說，如果不願意幫忙，我就向對岸的情報單位揭穿他的真實身分，他心裡一驚，只好答應了。條件是我必須繼續保守這個秘密，他雖然可以隻身一人立刻飛回島嶼，但是他在魔都已經有妻兒，必須保護他們。

他可以透過其他公司進口這六個貨櫃，分別從美、加、紐、澳、日、韓進口，並且必須在九月二十八日前到達洋山深水港。

十八名隊員依照安排分別到魔都不同的旅館辦理入住，二十八日上午十點到達洋山深水港領取自己的貨櫃，Dan已經安排貨櫃車負責運送至北京附近，每輛貨櫃車由一組三人負責押送。

由於對岸國慶將屆，北京城內盤查特別嚴密，因此六組人馬分別入住在北京郊區，譬如石家莊、雄安新區、秦皇島、天津等地，以掩人耳目。

六架死神無人機究竟從何處起飛呢？這是高度機密，實際上我並不知情，也沒有人敢跟我透露。

我推測應該是有一艘船艦，這艘船艦肯定不是島嶼所有，可能是美洲老大哥或者南韓的船艦，必須要有供死神無人機起飛的甲板，航母進入黃海太過顯眼，最有可能是有甲板可供起降的美利堅級兩棲突擊艦，其噸位可比航母，艦上可以搭載六架無人機，並提供甲板可供起降。

來到對岸前，我剛剛接受過媒體採訪。

在島嶼的時候，我的身分是研究國際戰略的學者，連在會裡從事研究工作的身分，我都盡量對外界保密。

這就是媒體報導的內容，看起來四平八穩的，根本看不出來接下來要發生驚天動地的巨變。

英國智庫「國際戰略研究所」主辦的「香格里拉對話」，二至四日在新加坡舉行。來自亞太、歐洲及北美等地區的國防部長、軍事將領及資深國防官員以及企業領袖與安全專家，約四十七個國家、六百名代表與會，議題聚焦在俄烏戰爭與台海安全。

「香格里拉對話」各方各言爾志，美國國防部長貫斯汀三日針對美國在印太地區的領導力發表演講，大陸國防部長陸全福四日以「中國的新安全倡議」為題發表演說。雙方放話性質居多，少有實質戰略意義。

美陸放話 少有實質戰略意義

美中防長會議過程中的互動備受關注。貫斯汀與陸全福雖然都強調對話、溝通的重要性，但在會中卻只是擦身而過，並沒有舉行雙邊會議。這正反映兩大超級強權之間的緊張關係。

其實自俄烏戰爭爆發以來，國際政治與全球戰略已經出現結構性的改變。迄今，美國算是最大贏家，烏克蘭是最大輸家。而一場戰爭則促使了中俄關係更加緊密。

對美國而言，這場戰火嚴重打擊了俄羅斯，削弱了美國長期的戰略勁敵，也確立了操作代理人戰爭模式。歐盟則是更加靠向美國。在可預見的未來幾年內，歐盟的外交、軍事都不得不顧及美國政策。

但是，從全球戰略形勢發展來看，不見得一切都對美國有利。雖然俄羅斯國力式微，取而代之的則是中國的崛起，且中俄關係更加緊密，而中國已明顯居於主導地位。

其次，美國雖然短期內綁架了歐盟，卻也激起歐洲部分國家的警覺，如果國防不能自主，未來只會更受制於美國；事實上，俄烏戰爭開打後，北約成員國的國防預算都明顯增加。

北約國家國防預算　明顯增加

據統計，去年六月北約當時三十個成員國，只有九個國家的國防預算在GDP中占比超過百分之二。但截至今年二月，國防開支將達到或超過百分之二的成員國，已有二十四國，占北約全體成員國的八成。

特別是歐盟主要國，法國自二〇二四至二〇三〇年，國防預算將比二〇一九至二〇二五年增加百分之四十；德國在去年六月就決定設立一千億歐元規模的軍事採購特別基金，今年的國防預算再增加一百億歐元用於儲備彈藥。

但是，二〇二一年美英澳締結「三方安全夥伴」（AUKUS）聯盟，因為澳洲取消一筆和法國談定價值高達數百億美元、建造十二艘傳統柴電潛艦合約，一度掀起外交危機，也凸顯了美法之間，存在武器裝備與輸出的競爭關係。

法國自前總統戴高樂以來，就強調國防、戰略自主。現任法國總統馬斯克今年四月訪問中國時，提出「歐洲要避免因台灣被捲入美中衝突」、「應戰略自主」的相關談話，雖然引發議論，但也揭露了歐洲主要國家對尋求獨立外交路線的期盼。

再看俄烏戰爭最大的輸家烏克蘭。除了直接的軍力、武器裝備耗損外，大量難民出逃、城鎮成了廢墟，經濟損失重大，失去烏東的盧甘斯克、頓內次克、札波羅熱以及赫爾松，加上先前的克里米亞，事實上都已經很難收復。

互控挑釁　存在擦槍走火風險

烏克蘭除了要面對戰爭背負的龐大國債與待償軍援外，戰後重建的經費更是天文數字。可以預見，烏克蘭在未來很長一段時間內，政治、經濟、軍事都將受制於人，淪為列強的實質殖民地。

至於烏克蘭一直積極爭取加入北大西洋公約組織，但到目前為止，部分歐洲國家礙於北約有「集體防衛」保障，見烏克蘭身陷戰火的當下，不願現在就與俄羅斯直接槓上。

視角拉回東亞。就在「香格里拉對話」於新加坡舉行的同時，美國驅逐艦及加拿大巡防艦各一艘正航行穿越台灣海峽，一度與大陸軍艦距離相距不到一百五十碼（約一三七公尺）；數日前，一架中國大陸殲十六戰機也在南海攔截美國空軍RC——一三五偵察機。

美中機、艦短兵相接，雙方互控對方挑釁，擦槍走火的風險確實存在。但在美中雙方缺乏互信、溝通機制的情況下，未來這類趨近偵察、試探、示警、反制行動，只會更頻繁。

綜觀東亞局勢，美中關係正處於恐怖平衡的冷和狀態。儘管美中雙邊的商務、貿易高層官員已開始恢復接觸，但軍事與外交、乃至於智庫之間的會面、對話，顯然仍有極大的障礙。

配合美國 日本積極印度擺盪

從俄烏戰爭開始，美國操作打代理人戰爭幾乎已經確定，東亞亦然。拜登政府上台以來，相當程度修補了東亞防線，日本、韓國、台灣、菲律賓都在增加軍費、強化與美方的合作，舉辦聯合軍演的規模也愈來愈大。

特別是日本，一連串安保政策的重大轉變，強調擁有反擊與防衛能力，明顯劍指中國、北韓。福田政府表明今年度起的五年間國防經費將編列約四十三兆日圓，二〇二七年度國防經費將達到GDP的百分之二，這是現行五年計畫的一點六倍。

此外，日本為促進國內軍工企業崛起，擴大國防裝備出口，重新研議「防衛裝備移轉三原則」的運用指針，除發展軍火貿易，也有因應未來一旦「島嶼有事」預留對台軍售的可能。

顯而易見，日本正藉著配合美國的戰略部署，從武器的採購、研發、制造、生產到輸出，都陸續得到了美國的同意，加速發展日本自己的國防軍備。

但目前看來，印度卻是美國「印太戰略」的是一大破口。印度雖是美日印澳「四方會談」的一員，卻大量進口俄羅斯石油，又是金磚五國、上合會成員。印度始終在美、中、俄之間擺盪，不願意配合美國的代理人爭戰、當砲灰，態度至明。美中在印度洋的競逐，值得後續觀察。

許多國際事務，一定要講得模稜兩可，因為國際局勢瞬息萬變，誰也不知道下一刻會發生什麼變化，只有一些基本趨勢可以掌握。

再者，真正的機密是不可以洩漏的，就像「代號二〇二七」行動已經箭在弦上、不得不發，表面上還是要裝著努力爭取、維持和平的樣子。這也是某種程度的認知戰爭，混淆敵人對我們的認知，讓他們形成誤判。

當然，我們也有誤判的時候，而且這些誤判中，有的甚至算是驚喜。

既然來到魔都，我免不了還是要跟王兄打聲招呼。

對了，就是那個在杜拜見面的王兄，那個在馬爾地夫談航母建軍圖霸印度洋的王兄，那個跟我約定在塞拉耶佛見面，最後爽約的王兄。

王兄一向客氣，此次見面竟然意味深長地說，「老兄，我個人也不喜歡戰爭，但是我可以告訴你一件事，解放軍在國慶日當天會拿下東沙島做為慶祝。」

王兄說，「美洲老大哥就我們所知道，是不會動手管這檔事，你們也不需要動手管，因為遠水救不了近火，來了反而難看。」

他說的是實話，雖然實話難聽，但卻是無可否認的事實。我知道王兄長期跟美洲老大哥那方面都有接觸，而且在美方裡面可能還埋伏有間諜，因此，可以事先探聽到對方的動向。

而以島嶼的實力，單獨介入東沙島的解放軍占領，試圖搶奪回來，不僅緩不濟急，而且實力相差懸殊。

十一對岸國慶那天，美洲老大哥與東瀛會在尖閣群島附近舉行大規模的軍事演習，包括雙航母的會合，一方面挫挫對岸的銳氣，一方面掩護從黃海出發的「代號二〇二七」行動。

六架死神無人機從黃海上面的美洲老大哥美利堅級兩棲突擊艦起飛後，將採低空飛行，以躲避雷達的偵查，同一時間，南韓的四架F16戰機將會起飛升空往黃海方向飛行，在敵人雷達上形成訊號的干擾，掩護死神無人機的行動，吸引解放軍空軍的注意。

六架死神無人機預料將在空中有另外一架運輸機擔任臨時控制台，以便銜接無人機的操控，直到「代號二〇二七」行動小組完全接手為止。美洲老大哥的運輸機將會停留在黃海公海上空，預定在北緯48.44、東經120.95完成交接，時間為十月一日上午六點。死神於上午五點離開兩棲登陸艦代號M，以巡航速度每小時三百公里到達交接點。「代號二〇二七」行動小組以貨櫃車行動，停留在北京近郊的六個據點，因為北京內環屆時戒備森嚴，民車無法通行，外環也會有交通管制，大型車無法通行，行動小組將以預先準備的密碼與頻道分別控制六架死神無人機，分開個別行動，任何情況下都不互相支援，獨立作戰為最高指導原則，如此即便有任何一個據點遭到破獲，其他小組仍然能夠繼續完成任務。

整個作戰計畫思考可謂相當縝密。

正當我在沉思之際，王兄突然笑了一下，跟我說，我知道「二〇二七」，他停頓了一下，「但是我不會說出去。」

我覺得手心開始冒汗。

「大老板太過專權，鬥倒了太多人，被鬥倒的人也在等著他倒。」重慶市委書記，政法系書記，石油系，江派上海幫，胡派共青團，還有軍委會三個副主席，我的腦袋中正在思考王兄到底是屬於那個派系。

王兄說，「你們如果行動失敗，我也會裝著不知道。如果成功了，上次在杜拜見面那位，保證他服役的那艘航母不會攻打島嶼，但我們也不會打自己人，我們保持中立，直到選出新的領導人。」

我突然鬆了一口氣，瞬間明瞭了王兄的意圖，是靜觀其變，就像大清帝國的晚年，部分新軍不參與革命，但也不鎮壓革命，只是觀望。

王兄又微笑著說，「你們算是早了一步，不，應該是說是美洲老大哥早了一步。福州市平潭島也駐守著一支無人機部隊，專門訓練來暗殺你們的領導人，可惜尚未採取行動，這次被你們捷足先登了。如果還有下次，可能不會讓你們先得逞。」

王兄又乾笑了兩聲。

我的手心又開始冒汗了。

我想一想，真的嚇出一身冷汗。

對岸的國慶是十一，我們的國慶是雙十，其實只差九天，九天後，莫非就是對岸無人機暗殺行動的D-day，那真的要感謝老天的安排，同樣是共和國，島嶼的共和國誕生的日子就是晚了九天，才讓我們的大老板躲過一劫，應該說，目前還有機會準備防範。而我們才有機會搶得先機。

不等我開口，王兄主動告辭，他語帶輕鬆地說，「你待會兒不是要去北京嗎？祝你一路順風！」，說完就擺擺手走了。

留下我獨自一人在那裡發呆。

這個世界，常常不是我想像的那樣。

我沒有用那支加密的蘋果手機發出任何訊息，因為目前為止還不需要。但是我用加密的筆電將雙十當天，對岸駐守在平潭的無人機部隊將會發起斬首行動，告知我的老板。相信維安人員以及總統府警衛營都會採取必要的行動，如有必要還可以調動關渡師，以及我們早已準備好的反無人機暗殺計畫，代號「黎明」，這是由方董一手擬定的計畫，專門針對對岸的無人機所設計。在警衛營外另設一個加強連做為機動小組，分別在駐守附近的東吳大學、台灣銀行、二二八紀念公園、北一女中等，配備雷達干擾設備及針刺飛彈，可以短距離進行攔截，將對岸的無人機予以殲滅。

北京的秋天

等待的時間總是覺得很漫長。

雖然只有半個小時，但感覺好像半個世紀那麼漫長。老潘並沒有遲到，是我早到了，這是我的生活習慣，或許是受到日本人的影響吧。

我仍然在回想昨天晚上那位俄羅斯女郎，他的微信帳號名稱叫做Rose，不知道是莫斯科玫瑰，還是西伯利亞玫瑰。總而言之，他的帳號已經關閉，而且把我拉黑了。換言之，我已經看不到他的帳號了，他彷彿從這個世界上消失了。

他到底知道了什麼，我也無從得知，我總不能憑著這個事件就通知島嶼方面停止這項行動。據我所知，即便我傳送D的訊息給島嶼方面的聯繫通道，行動還是要繼續的，畢竟我知道的仍有限。

譬如無人機究竟會從那個方向進行攻擊，我完全不知道。因為，六個小組的位置應該各不相同，控制平台所在的貨櫃車應該藏匿在很隱密的地方，而且在北京郊區，死神的作戰半徑有一千公里，也就是說一個半徑為一千公里，直徑兩千公里的圓。

貨櫃車甚至可以停放在遼寧、內蒙古、山西、河北或山東的任何郊區而不會被察覺，但是我想主要的部署位置仍在北京近郊以及河北省，這樣的範圍已經夠寬廣了，而且我直到目前為止並沒有察覺北京城內有面臨這樣緊急事態的搜索行動。可以說我現在就在現場，而現場沒有這樣的氣氛，只有例行性的警戒與交通管制，北京城因為國慶日的關係，管制的確比較嚴密，那是指車輛與人員的通行，至於搜索行動，並沒有出現任何蛛絲馬跡。

由於我經常往來對岸，政黨輪替後，也曾經被調查單位懷疑我是被對岸吸收的情報人員，調查局的調查官甚至一度懷疑我，就算我主動找他見面，他們仍然部署一組人員，可能準備將我帶回組內嚴加訊問。

我還記得那是北都車站內的一家日本料理店，調查官咄咄逼人，幾乎已經認定我是對岸吸收的情報人員，每一句話都毫不掩飾地指向我就是情報人員，沒多久，一個女人進來，用手機直接對著我拍攝，不，應該說是錄影，因為她的手機沒有放下來過，大概停留了幾分鐘之久，另外兩位男幹員已經在門口守候，大概是害怕我脫逃，準備抓人吧。

我直接對著那個女人的相機鏡頭，表明我是國安單位的人員，重複說了三次，調查官有點不爽地問我，「為何我從來就沒有告訴他？」，我反問他，「那你有問過我是不是嗎？」他啞口無言，沒多久，門口那兩個男幹員先行離開，那個女人也走了，調查官說他也要離開了，我請他再坐坐，聊聊，他說「他很忙，要上班！」，我笑笑地說，「再忙，也要跟你喝杯咖啡。」

調查官的臉色很難看，憤而離席。

我剛剛其實已經告訴他，我舉發香港學者將我們的兵推資料拿到對岸炫耀，我已經被對岸封鎖，不再邀請我前來參加魔都的研討會。此事，就代表我跟國安單位有關係，只是不便透露，他竟硬要栽贓說是我將兵推資料拿給對岸，我突然想到過去威權時期白色恐怖時代，大概都是這樣指鹿為馬，顛倒是非黑白，隨便將無辜的人冠上政治犯的罪名吧！

正當我想到這件事情，老潘竟然就來了。

閒聊了幾句之後，老潘又提到上次我舉發香港學者，導致這位香港學者不再被邀請前往島嶼參加兵推的事情。

老潘認為斷掉的情報管道要由我來補足。這真的是天方夜譚。我還是一樣回答不可能。

老潘這次沒有咄咄逼人，只是顯露出有點不悅的神情。

他並未提到「代號二〇二七」行動，這一點至少讓我比較安心。

老潘有點半開玩笑地說，「如果是這樣，那麼我們以後沒有見面的必要了。虧我今天晚上還要請你吃北京涮羊肉。」

就這樣子，老潘選擇結束我們的對話。

然後，約好晚上一起吃涮羊肉。

我很慶幸老潘沒有提到任何跟「代號二〇二七」行動有關的事情。

其實，老潘對人是充滿不信任的。

從老楊被他參了一本的事情就可以發現了。而且事情到最後已經不論對錯了，老潘顯然在朝廷有人，也就是說在中南海有人，所以，最後是老楊受到處分，至於具體處分的內容，我也不清楚。

大約有一年左右的時間，我無法見到老楊，不知道他被送去那裡改造了。總而言之，我後來再次見到老楊，是隔了一年多的事情，老楊的神情顯得有點憔悴，他推說是兒子生了病，所以在家照顧他，但是小趙曾經偷偷告訴我，老楊因為我受到處分，所以我對他的說詞不太相信，但並未再追問。

我曾逼問小趙，是誰有這麼大的本事，參了老楊一本，她吞吞吐吐不肯明說，我問，是不是老潘，她並未否認，我心裡就有了底。

這件事情其實很簡單，東瀛方面想要學習美洲老大哥制定島嶼的關係法，所以，跟島嶼的前總統互相唱和，彼此呼應，由東瀛首相的弟弟提案，島嶼的前總統跟著提倡，蔚為一股聲勢。

老楊問我這個島嶼關係法有沒有具體內容，我問岡田輔佐官，他不願意提供具體內容，僅表示其實內文跟美洲老大哥的法案相似，我找到相關的細節，但卻是日文。

全文十八条からなる同法は、第二条b項で以下のことなどを定めている。

（西太平洋の）平和と安定は日本国の政治、安全保障、経済的利益に合致し、また国際的關心事である

中国との国交樹立という日本国の決定は、台湾の将来が平和的手段によって決定されるとの期待に基づいている

ボイコットや禁輸を含む平和的手段以外の方法で台湾の将来を決定しようとする試みは、西太平洋の平和と安全に対する脅威であり、日本国にとって重大な懸念とみなす

台湾に防衛的性格の武器を供与する

台湾の人々の安全、社会・経済的システムを脅かす武力やその他の強制に抵抗する

東瀛版島嶼關係法的內容總共十八條，與美洲老大哥的法案大同小異。

其中，比較重要的內容是關於武器輸出給島嶼的部分，美洲老大哥當初並沒有同意，東瀛認為如果美洲老大哥要求他們也制定並通過島嶼關係法，就必須同意東瀛可以輸出武器給島嶼，因為對這個部份美洲老大哥遲遲沒有同意，所以法案就一直擱置在那裡，黨內的法案審查尚未通過，無法送國會審議，當然形同虛文。

壞就壞在老楊跟小趙都不懂日文，希望我幫忙翻譯成中文，這件事我本來不想幫忙，但他們希望我好人做到底。其實，翻譯對我來說確實是一塊蛋糕，看在他們平日待我比較厚道，我就答應了。

壞也就壞在這裡，由於時間匆促，我沒有時間仔細地一字一句翻譯，直接拿簡體字版的島嶼關係法來做為底稿，再加以修正潤飾，完稿後就交給老楊了。

老楊在上交時可能也傳達錯誤，直接說成這是東瀛的島嶼關係法，事實上東瀛的島嶼關係法還在執政黨內草擬，甚至都還沒送審議，老楊也有點急功近利，典型生意人性格。

這些環節的差錯導致老潘有機會在北京直接指責老楊送來的版本是假情報，明顯抄襲美洲老大哥的版本，根本就是偽造的假情報，老楊可能也搞不清楚前因後果，所以百口莫辯。

等我聽到小趙轉述時，老楊早已受到處分，老潘可能因此對我的信任度也降低了。

但是，反過來說，我對於老潘這種不分清楚前因後果，就一味搞鬥爭清算的性格，實在一點都不欣賞。

我自己的判斷，老潘應該是典型的紅二代或者官二代，因為他行事一向趾高氣昂、不可一世。我曾經私下問過小趙，奈何她不願透露，看她的神情應該知道什麼，但卻保持沉默，我猜想她也是明哲保身，這就是官場的生存哲學吧！

文革時期，對岸有許多的冤獄，就像島嶼的白色恐怖一樣，不分青紅皂白，慘遭誣陷而入獄，甚至處死的人又何其多呢。

就這樣子，休息了一個下午後，晚上還算愉快地到了一家正宗的北京涮羊肉，席間老潘暫時收拾起那付臉孔，聊聊北京的生活等，喝點酒，氣氛還算和樂。

吃完涮羊肉後，我們回到我住宿的酒店附近，老潘突然說要帶我去騎騎北京的U-bike。他很驕傲地說，北京的U-bike一點也不比島嶼的北都差，而且這種共享單車其實是源自對岸這裡的發明，所以還是社會主義的制度比較好等等，或許是喝了酒，老潘的話變多了。

我們在東直門外斜街附近騎著單車，旁邊有條小河叫做亮馬河，已經結冰了。老潘越騎越遠，我在後面慢慢追趕，突然之間有一輛別克轎車快速地行駛往我的方向衝過來，我為了閃避別克轎車，直接掉落到亮馬河裡，河裡非常冷，河面結了薄薄的一層冰。

我在冰冷的河水裡幾乎無法動彈。

回想著過去所有的一切。

據說這是人離開人世間之前的必然過程與反應。

現在，當我醒過來時，我已經在一家醫院裡面，這裡看起來應該是加護病房，因為我的病床旁邊有許多儀器，但看起來又不像是加護病房。

等我再度醒來，時間已經是半夜三點左右。

距離我掉入冰冷的河水應該有五、六個小時了吧！

我聽到一個熟悉的聲音，應該是老潘。

他問，「有沒有問出什麼？」

另外一個人回答，「沒有提到兵推的事情。」

另外一個人有點遲疑地說，「他一直提到無人機，還有死神，又說了一串數字。」

老潘問，「什麼數字？」

另外一個人回答，「二〇二七。」

老潘問，「那是什麼意思？二〇二七不是還沒到嗎？繼續問！」

我心想，二〇二七是李雲飛推估解放軍攻打島嶼的時間，在那個時間之前島嶼必須想出一個解決方案，避免解放軍攻打島嶼。

我的頸脖之間感受到針刺，應該是再度被打麻醉劑，進入睡眠狀態，以便對方在我催眠狀態下進行訊問，這比傳統刑求的方法要科學而且有效，我隨即進入睡眠狀態。

再次醒來，時針指向八點，應該是麻醉藥失效的時間，正是「代號二〇二七」行動發起攻擊的時間。

我聽到老潘問，「有沒有問到什麼新的資料」。對方回答說，「沒有，只是一直提到無人機。」

老潘只冷冷地回了一句，「處理掉吧！」

這次我的脖頸之間再度感受到針刺，但應該不是注射麻醉藥，而是致命毒劑，我沒有機會再醒來，倒是靈魂在不知不覺間飄向天空。

這個時候，我才看清楚，其實這家醫院，不，應該說這個囚禁我的辦公室離天安門廣場很近，我一離開屋頂，就看到了天安門廣場正在進行國慶閱兵大典。廣場上正響起著名的「東方紅」歌曲的音樂，東方紅、太陽升……。

突然之間，從東北方向，飛來一枚地獄火飛彈，但隨即遭另外一枚飛彈擊中，從旁呼嘯而過的是解放軍殲二十戰機，這個時候，西北方向又飛來了一枚地獄火飛彈，但還是遭到殲二十發射空對空飛彈擊中。

第二枚地獄火飛彈遭到殲二十發射空對空飛彈攔截擊中的同一時間，從南方飛來的另外一枚地獄火飛彈已經飛抵主席閱兵台，正中目標，隨即爆炸起火燃燒，接著第二枚、第三枚地獄火飛彈陸續擊中主席台，一樣引起猛烈的爆炸及起火。

我不知道對岸的大老板是否被擊中身亡，我也不知道他會不會讓替身上場，代替他閱兵，這一切都不是我能夠去改變了。

天安門廣場上瞬間變成火海，參與閱兵的解放軍部隊紛紛撤離，傷亡慘重。

天空出現越來越多的解放軍戰機，我看到遠處似乎有死神無人機遭到擊落，但也有未被解放軍戰機攔截擊中的地獄火飛彈陸續往天安門廣場主席閱兵台的周圍通道進行攻擊，顯然無人機仍在有效的操控，因此適時調整目標進行攻擊，圍繞著主席台附近的幾輛座車也遭到炸毀。

如果在遠處觀看的話，還會誤以為爆炸聲及熊熊烈火是施放煙火正在慶祝國慶呢！

我看到天邊有些朝霞染上橘紅色的豔麗色彩，而廣場上巨大的毛主席畫像正燃燒殆盡，顯露出一種淒美與悲涼。

不禁想起沁園春、雪的詩句。

「俱往矣，數風流人物，還看今朝。」

國家圖書館出版品預行編目

北京的秋天：一個情報員之臨終回憶 / 陳竹奇著.
-- 臺北市：致出版, 2024.05
面；　公分. -- (台海風雲戰紀三部曲；1)
ISBN 978-986-5573-84-3(平裝)

863.57　　113005866

台海風雲戰紀三部曲01

北京的秋天

——一個情報員之臨終回憶

作　　者／陳竹奇
出版策劃／致出版
製作銷售／秀威資訊科技股份有限公司
114 台北市內湖區瑞光路76巷69號2樓
電話：+886-2-2796-3638
傳真：+886-2-2796-1377
網路訂購／秀威書店：https://store.showwe.tw
博客來網路書店：https://www.books.com.tw
三民網路書店：https://www.m.sanmin.com.tw
讀冊生活：https://www.taaze.tw

出版日期／2024年5月　定價／380元

致 出 版　向出版者致敬